엄마도 감정이 있는 사람입니다

엄마도 감정이 있는 사람입니다
참는 법은 알아도, 울고 웃는 법은 잊은 엄마를 위한

초 판 1쇄 2023년 07월 11일

지은이 신지현
펴낸이 류종렬

펴낸곳 미다스북스
본부장 임종익
편집장 이다경
책임진행 김가영, 신은서, 박유진, 윤가희, 정보미

등록 2001년 3월 21일 제2001-000040호
주소 서울시 마포구 양화로 133 서교타워 711호
전화 02) 322-7802~3
팩스 02) 6007-1845
블로그 http://blog.naver.com/midasbooks
전자주소 midasbooks@hanmail.net
페이스북 https://www.facebook.com/midasbooks425
인스타그램 https://www.instagram/midasbooks

© 신지현, 미다스북스 2023, *Printed in Korea*.

ISBN 979-11-6910-274-2 03810

값 16,800원

미다스북스는 다음세대에게 필요한 지혜와 교양을 생각합니다.

참는 법은 알아도, 울고 웃는 법은 잊은 엄마를 위한

엄마도 감정이 있는 사람입니다

신지현 지음

미다스북스

달력을 찾아보았다. 2019년 9월이다. 지현 님은 그때 내가 진행하는 글쓰기 수업에 왔었다. 그다지 여유롭지 않은 눈빛의 학생이었다. 눈빛은 여유롭지 않지만 말투에는 예사롭지 않은 침착함이 있었다. 그녀는 조용하지만 분명히 들리는 목소리로 "딸아이가 있는데요, 그 친구와의 이야기를 쓰고 싶어요."라고 말했다. 그 딸아이는 이 책에 등장하는 윤이다. 윤이는 자신의 이름을 직접 쓰기도 전에 엄마로부터 글로 쓰이고 있었다. 글 쓰는 엄마는 한 아이를 그렇게 만드는 힘이 있다. 그리고 둘째 한이도, 지현 님의 남편도 이야기가 된 채로 자라난다. 작년에는 그들 4인 가족을 볼 기회가 있었다. 약속하고 만난 것은 아니고, 복잡한 행사장에 단란한 가족이 있어 눈길이 갔는데 지현 님의 가족이었다. 내게는 그때 느낀 단란함이 이 책의 신뢰감이었다. 단란하고 침착한 가족이 형성되는 과정이 궁금한 모두에게 추천하고 싶다.

– 『우리는 꼭 한번 사랑을 합니다』 저자 태재

나도 내 마음을 몰라서

이상한 주였다. 이상하게 우는 날이 많았다. 오늘은 세어보니 세 번이다. 설거지하다가 혼자 울었고, 남편의 지나가는 말에 화를 내며 울었고, 엄마와 전화 통화 중에 울었다. 이게 말로만 듣던 눈물샘이 고장 났다는 걸까?

"너 우울증인 것 같아."

남편이 우울증을 언급했다. 우울증이라니. 우울한 느낌이 찾아올 때가 있긴 했지만, 우울증은 아니다. 자신감이 넘치고 열정으로 가득했던 내가 우울증이라니? 남편의 얘기에 화부터 났다. 그리고 깨달았다. 얼마 전에도 화를 냈던 일을, 어제는 울었던 일을, 한숨을 자주 쉬던 날들을. 아무튼 평소와 다르다. 내가 왜 이러지?

우선, 말로만 듣던 산후우울증일 수 있다는 걸 받아들여야 했다. 그리고 어떻게 할지 생각하자. 심리상담을 받아야 할까. 우울증에 대해 알아 봐야 할까. 주변에 도움을 청해야 할까. 빨리 방법을 찾아야 한다고 생각 했다. 빨리 괜찮아져야만 했다.

난 늘 괜찮아야 한다. 엄마이기 때문이다. 아이들을 키우는 엄마가 아 플 수는 없다. 엄마가 아프다고 누구에게 징징댈 수 있을까. 아무도 없 다. 엄마는 징징대는 이들을 돌보아야 할 존재다. 그런고로 빨리 증세를 회복시키려고 애를 썼다. 우울증 관련한 정보를 읽고, 운동을 하고, 사람 들을 만나러 밖으로 나갔다. 우울증엔 반추하는 것이 좋지 않다는 말을 들었다. 그래서 생각을 깊이 안 하려고 노력하기도 했다.

노력이 효과가 있었을까. 기분이 많이 호전되는 걸 느꼈다. 언뜻 보면, 괜찮아진 것 같았다. 화가 나거나 눈물이 나는 일이 크게 줄었다. 그런 데, 이게 다일까? 일상을 유지할 수 있도록 기분이 좋아지면 다 된 건가? 뭔가 알 수 없는 찜찜한 마음을 놓을 수 없었다. 무언가 놓친 게 있는 것 같았다.

물론, 우울감에서는 빨리 빠져나와 일상을 회복하는 데에는 성공했다. 그러나 중요한 자신을 놓치고 지나갔다. 난 슬픔이나 분노에 빠진 자신을 받아들이지 못했다. 부정적인 감정이 들면, 그 감정에서 빨리 헤어 나오려 애쓰기만 했다. 왜 이런 감정을 갖게 되었는지, 감정을 느낄 때의 자신이 어떠한지 들여다볼 기회를 놓쳐버린 것이다.

나는 엄마이기 이전에 한 인간이다. 인간으로서 느끼는 감정은 긍정적인 것도, 부정적인 것도 모두 가져볼 가치가 있는 것이다. 그러나 엄마로서 부정적인 감정은 가정과 일상을 유지하는 데 도움이 되지 않았다. 모두의 평안을 위해, 내 감정 따위는 수면 아래 쓰레기통 속으로 잠식시켜야만 했다. 언제나 괜찮은 상태여야 했기 때문이다.

진짜 내 모습, 내 감정에 대해 바라볼 수 있는 시간이 필요하다고 느꼈다. 나를 다시 있는 그대로 바라보고 싶었다. 그날부터 감정을 기록하기 시작했다. 그동안 몸속 깊이 넣어두고 잊어버렸던 감정을 다시 꺼내 바라보았다. 잊고 지낸 감정을 속속들이 들여다보는 일은 힘들었지만, 밀린 숙제라고 생각하고 했다. 처음엔 어려웠던 일도 자꾸 하면 익숙해진다. 어색하고 불편했던 감정 들여다보기도 시간이 지날수록 편안해졌다. 나만이 할 수 있는 인생의 과제라고 생각하니, 점차 의미를 더해갔다. 그리고 책 한 권 분량의 글이 써졌을 무렵엔 달라진 자신을 느낄 수 있었다. 심리상담소를 통하지 않고도 우울했던 자신을 구할 수 있었던 건, 감정 일기가 있었기 때문이다.

이 책은 그렇게 자신의 감정을 오롯이 기록한 감정 일기를 바탕으로 만들어졌다. 평범한 주부이자 엄마인 내가 느꼈던 감정은 다른 엄마들도 똑같이 느낄 감정이라 생각한다. 누구와도 나누기 어려웠던 감정을 글로 털어놓으면서 괴로운 시기를 건너왔던 것처럼, 어두운 그늘 속에 있을 누군가에게 도움이 될 수 있다면 좋겠다. 이 책을 읽으면서, 내가 느끼는 감정이 나 혼자만의 것이 아니라, 누군가에게도 스쳐 갔던, 아프게 했던 감정이었음을 알 수 있다면 좋겠다. 충분히 그 감정을 느끼고 지나가도 괜찮다고 토닥여 주고 싶다.

목차

Ⅰ 짜증으로 표현됐던 엄마의 일상 감정

· **epilogue** 내 마음을 찾아가는 여정, 그 이후

나와 아이들 그리고 남편, 우리들만의 맞춤

I

짜증으로 표현됐던
엄마의 일상 감정

1. 비루함

– 자신의 가치를 폄하하다

평범한 어느 아침, 간신히 차려놓은 식탁을 보고 윤이 물었다.

"엄마는 왜 안 먹어?"

아이의 물음에 돌아본 식탁 위엔 세 개의 수저만 놓여 있었다. 세 개의 수저가 놓인 식탁, 이젠 익숙한 풍경이다. 아이도 설명을 듣지 않고도, 없는 수저가 엄마 몫임을 알아채듯이. 아침이면 아이들에게 밥 먹으라고 잔소리하면서도, 내 밥을 챙기는 데는 소홀한 일상.

"엄만 바빠서, 나중에 먹어도 돼."라고 대답했다.

아침밥을 꼬박꼬박 챙겨 먹는 사람. 당연히 세 끼를 꼭 먹어야 하고, 끼니를 먹을 때에는 제대로 차려놓고 먹는 사람. 밥에 대해서는 진심이었다. 그러니까 아이를 낳기 전까지는 말이다. 사실, 이렇게 챙겨 먹게 된 건 엄마의 작품이다. 아침에 밥을 잘 챙겨 먹는 사람으로 만들려고, 꼬박꼬박 밥을 먹였다고 한다. 그리고 엄마의 노력이 아깝지 않게, 눈을 뜨면 배부터 고픈 사람이 되었다. 이른 아침에도 밥을 먹으며 잠이 깨곤 했다.

하루 중 한 끼도 마음 편히 먹기 어려운 사람.

끼니 잘 챙겨 먹던 사람은 엄마가 되고 보니, 아침밥은 사치처럼 여기게 되었다. 오전 시간은 아이들 등원과 남편 출근 준비를 돕기에도 충분히 바쁘다. 서둘러도 시간은 늘 부족하다. 게다가 직접 챙겨 먹어야 하니, 시간이 없는 데다 수고롭기까지 하다.

아침 말고, 다른 끼니는 어떨까. 숟가락이 아이들 입에 잘 들어가는지 신경 쓰느라, 내 숟가락은 신경 쓸 겨를이 없다. 다른 가족들이 다 먹을 때까지 내 몫의 밥은 그대로일 때가 많다. 집에서 먹으나, 외식을 하나 비슷한 상황이다. 남들 다 먹는 시간에 왜 난 밥을 못 먹고 있나.

가장 낮은 자세로 가장 낮은 일을 자처해서 하는 사람.

엄마의 일이란 이런 게 아닐까. 청소, 설거지, 빨래, 기저귀 갈기, 목욕 시키기 등 집을 깨끗이 치우고, 아이를 돌보고, 끼니를 만드는 노동은 생각보다 중노동이다. 힘이 든다고 해서 급여를 받지도, 포상이 주어지지도 않는다. 자신이 아닌, 누군가를 위해 하는 일이다. 끊임없이 생기는 더러운 흔적을 지우고, 닦고, 치우는 과정에 있다 보면, 낮아진 자세만큼 마음도 낮아짐을 느낀다.

엎드려서 걸레질하니, 등에 한이가 올라탄다.

"한아, 엄마 걸레질하느라 힘들어. 내려와~."

"어부바~ 어부바~."

"우와~ 엄마 말타기다."

이내 아이 둘 다 내 등에 올라타겠다고 난리가 난다. 가뜩이나 걸레질하면서 청소부가 된 느낌에 작아졌던 마음은, 아이들의 놀잇감이 되면서 더욱 작아진다. 감정도, 고통도 느끼지 못하는 장난감 말이 된 느낌이된다. 아이들에게 엄마의 감정은 중요치 않아 보인다. 나 역시 내 감정을 등한시한다. 일단, 걸레질하던 것을 마무리하는 것이 더 중요하니까. 아이들이 떼를 쓰지 않게 하는 것이 더 중요하니까.

하고 싶은 것을 자유롭게 주장할 수 없는 사람.

외출해도, 가고 싶은 식당이나 카페에 가기 어렵다. 아이들이 먹을 수 있는 음식을 파는 식당으로 가야 한다. 분위기 좋은 카페에 가는 대신, 노키즈 존을 피해 아이들과 갈 수 있는 대중적인 곳으로 가야 한다. 치마를 입고 구두를 신고 싶지만, 하지 않는다. 아이 둘을 데리고, 많은 짐을 갖고 나가야 하는 외출이다. 어깨와 등에 커다란 가방과 아이를 주렁주렁 달고 나갈 때, 예쁜 옷은 거추장스러울 뿐이다. 아마도 치마를 입었는지 아무도 알아보지 못할 테다. 바깥에서의 내 모습을 보면, 원래의 자신은 사라지고 남은 건 '엄마'뿐일 것이다.

가끔은 이런 내가 노예같이 느껴진다. 자기 목소리를 내지 못하는 사람, 시간을 주체적으로 쓰지 못하는 사람, 밥 한 끼도 마음 편히 먹지 못하는 사람. 시간과 체력, 감정을 온전히 가족들에게 할애하고 나니, 자신에게는 조금도 남아 있지 않았다. 아마도 지금의 나는 주체적으로 비루해진 노예일 것이다.

누군가를 돌보는 사람, 엄마. 그러나 그런 나를 돌봐주는 사람은 누구일까. 남편? 친정엄마? 가까운 친구? 누구도 나를 이해해 주고 돌봐주는 사람은 없는 것 같다. 심지어 자신마저도. 이대로 남은 평생을 누군가를 위해 시간과 에너지, 마음을 써야 하는 걸까?

아이들과 남편에게 마음을 쓰는 것이 싫다는 게 아니다. 사랑하는 사람들을 돌보는 일은 오히려 나를 즐겁게 한다. 다만, 나를 돌아볼 여유가 없어진 생활이 서러울 뿐이다. 점차 내 자리는 사라져가고, 다른 사람들의 자리만 넓어져 가는 일상이 안타깝다. 그리고 그 안에서 비루함을 느끼는 자신이 안쓰럽다.

비루함을 느끼는 이유는 뭘까? 스스로를 작은 굴레 안에 가두고, 한없이 낮아지려고 자처하지는 않았나. 누구도 아침밥을 먹지 말라고 한 적은 없었다. 가족들의 나머지 몫을 자신에게 남긴 것은 나였다. 스스로의 일을 낮춰보고 깎아내리며, 낮은 대우를 한 것도 나였다. 비루한 감정에 휩싸인 채 벗어나려 하지 않은 것도 나다. 스스로 노예가 되었으니, 노예의 옷을 벗고 나올 수 있게 할 사람 또한 나일 것이다.

엄마로서 느낀 첫 감정은 안타깝지만, 비루함이었다. 아마도 많은 엄마들이 경험했을 감정이다. 그러나 괜찮다. 비루함을 느낀 이유를 알고 나면, 비루함에서 빠져나올 방법도 알게 된다.

그동안 자신의 자리를 낮추고 자신의 몫을 비운 만큼, 가족을 높이고 가족의 몫만을 채워왔다고 생각했다. 어찌 보면, 자존감이 낮아지는 건 당연했다. 이제부턴 나를 높이고, 나를 채울 차례다. 내가 귀한 사람이어야만 부부가, 가정이 귀해지니까.

 감정 일기 속 한 문장

아이들과 남편을 가장 잘 돌볼 수 있는 사람은 세상에 나 하나뿐이라고 생
각해보세요. 엄마의 존재는 내 생각보다 크고 절대적이랍니다. 하나의 가정
을 살리는 우리는 대단한 사람들!

2. 무감각

– 힘듦, 짜증으로 모든 감정을 표현하다

누구의 뼈가 더 많을까요?

아이예요.

윤이와 플랩북[1]의 작은 종이를 들춰내니 이렇게 쓰여 있었다. 무엇이든 자신보다 크다고 생각했던 엄마인데, 자신이 더 많은 것도 있다는 사실로 윤이는 신이 나는 모양이었다. "내가 엄마보다 뼈가 더 많아!"라며, 아빠와 할머니, 할아버지에게 자랑하고 다녔다.

---

1) 책장에 접힌 부분을 펼쳐서 볼 수 있도록 된 책.

가만히 윤이 하는 모양을 바라보며 웃고 있었지만, 놀라기는 나도 마찬가지였다. 보통 어른이 아이보다 더 많을 거라고 생각했기 때문이다. 한 장을 더 넘기니, 뼈의 개수에 대한 설명이 나와 있었다.

어린아이는 작은 뼈 300개가 있어요.
어른이 되면 커다란 뼈 206개가 남아요.
자라면서 몇몇 뼈들이 서로 이어지기 때문이에요.

이제야 이해가 갔다. 아이의 뼈는 작은 단위로 세분되어 있고, 어른은 좀 더 큼직하게 나뉘어 있는 거였다. 그런 거였을까. 아이가 어른보다 더 유연한 이유. 윤이는 온갖 이상한 자세들을 보여주곤 하는데, 특히 소파 위에서 보여주는 머리로 물구나무서기는 매번 가슴이 철렁하곤 한다. 반면 내심 부러운 마음도 든다. 요가 5년을 다니면서도 혼자 힘으로 한 번도 해보지 못한 자세가 머리 서기[2]이기 때문이다. 그런 자세를 요가 매트 자락도 밟아보지 못한 윤이 TV를 보면서 무심하게 할 때면 감탄과 동시에 작고 유연한, 가벼운 몸이 부러워만 졌다.

그러나 작고 유연하고 가벼운 아이는 조금만 빨리 뛰어도 금세 넘어지고, 얇은 피부는 쉽게 긁혀 피를 보는 일도 잦다. 몸의 상처뿐일까. 사소

---

2) 요가 자세 중 하나로, 머리를 바닥에 대고 물구나무를 서는 자세.

한 일에도 토라져 버리는 여자아이의 유리 같은 마음은 더 하다. 작고 유연하고 가벼운 아이와 산다는 건 여러모로 피곤할 일도 많아진다는 것. 양치하자는 말의 톤이 조금만 무거워도, 하루가 저물어 밤이 되었다는 사실에도, 엄마가 자신보다 아빠와 대화를 더 나눌 때도 금세 입술이 삐죽삐죽, 코는 벌름벌름, 엉클어지고 있는 마음을 못 숨긴다.

아이보다는 큰 뼈들로 이루어진 나는 조금 더 상처에 강해지는 것 아닐까? 뼈만 큰 게 아니라 피부도 더 두껍고, 넘어지는 일도 잘 만들지 않으니까. 사람들의 사소한 말에 쉽게 상처받고 깨지진 않겠지. 내가 더 낫겠지. 둔감해지겠지.

애써 둔감하다고 생각해 버렸다. 괜찮을 거라고 단정을 지었다. 아이의 예민함을 챙기지만, 나의 예민함은 무시해 온 수년의 세월이었다. 어쩌면 예민한 감성으로 하루를 버티기엔 힘들기도 했다.

우리 집은 자기주장이 강한 사람들이 많이 산다. 어른, 아이 모두 하고 싶은 말이 많다. 서로 자기 얘기 하기만 바쁠 뿐, 들어줄 사람은 없는 게 문제다. 그리고 수많은 이야기들은 모두 내게로 온다. 말하는 사람은 셋인데, 듣는 사람은 하나인 집이다.

세 사람이 이렇게 한꺼번에 이야기를 할 때면 나는 어떡해야 좋을지 모르겠다. 나도 이들과 함께 목소리를 크게 내는 것이 좋은지, 아니면 세 사람의 가닿을 곳 없는 목소리의 도착지가 되어주기 위해 귀를 열어줘야 할지. 대부분은 후자인 편이다.

이런 일상이 때로는 너무 피곤하다. 나 역시 온종일 누군가에게 하고 싶은 말들이 한가득이었지만, 이들의 목소리를 짓밟고 내 목소리를 키울 배짱이 없다. 세 사람은 서로를 향해 대화하는 것이 아니라, 모두 나를 향해 소리치고 있는 것으로 느껴진다. 이렇게 강하게 느껴지는 소리들을, 어째서 그들은 느끼지 못할까.

이들은 내가 가장 사랑하는 사람들이다. 그러나 이들은 내가 입을 다물게 한 사람들이기도 하다. 입은 다물고, 귀만 열어두도록. 감정을 표현하기보다는 자신의 감정을 받아주기를 바라는 사람들.

점차 감정을 들여다보는 시간은 적어졌다. 내 마음이 어떤지 생각하지 않은 지 오래다. 이들의 감정을 들어주기만도 바쁘기 때문이다. 들어주는 것, 나만의 사랑을 표현하는 방식이다. 그리고 이 방식은 나를 점점 무감각하게 만든다. 감정을 표현한 지 오래되어 거의 감정을 느끼지 않는다고 생각해 버리게 된다.

나이가 들수록 점차 시간이 빠르게 가는 것을 느끼게 된다는 말을 실감한다. 하루가 빠르게 지나가고, 한 계절이 금세 지나간다. 아이보다 어른이 느끼는 시간의 속도가 빠른 것은 그만큼 일상을 무감하게 느끼기 때문이라고 한다. 세상을 감각적으로 느끼고, 정직하게 감정을 표현하는 어린 시절에는 같은 시간도 천천히 느낀다. 아이들은 자주 울고 자주 웃는다. 기쁨과 슬픔을 강렬하게 느끼는 걸까.

만약 아이처럼 사소한 일에도 놀라고, 화를 내고, 슬퍼한다면 어떨까. 하루가 다르게 옥죄어 오는 일상을 제대로 버틸 수 없지 않을까. 어쩌면 내가 감정을 억누르고 애써 숨기면서 사는 것은 일상을 버티기 위해 선택한 차선의 방안이었을지도 모른다. 그러나 이런 시간들이 누적되면서, 어느새 감정을 잘 알 수 없게 되어버렸다. 아주 잠깐 나를 스치고 간 감정들은 공기 중으로 휘발되어 버리고, 난 아무 감정이 없었던 듯 무감각하게 살아간다.

나의 일상은 힘듦과 짜증, 그렇지 않으면 괜찮은 하루로 단순화되어 간다. 힘듦과 짜증 속에는 다양한 감정들이 녹아 있었을 것이다. 분노, 슬픔, 외로움, 불안 등 조금씩 다른 결을 갖고 있는 감정들은 뭉텅이로

뭉쳐져, 짜증으로 굳어진다. 아이들을 보며 환하게 미소 지을 순간도, 소리 내어 웃을 수 있던 순간도 있었을 텐데, 힘들다는 핑계로 등을 돌려버린다. 엄마라는 무거운 이름은 참는 법은 익히게 했지만, 울고 웃는 법은 잊어버리게 했다.

하루의 끝엔, 오늘 하루도 무사히 버텼다는 안도와 왠지 모를 허무만이 남는다. 아이를 보면 어떨까. 자기 전에 재잘재잘, 오늘 느낀 감정을 털어놓기 바쁘다.

무감각은 하루아침에 변하지 않는다. 연습이 필요하다. 내 경우, 윤이를 보고 연습한다. 윤이의 감정 표현들을 귀담아듣고 보고, 따라 해 본다. 때로는 연기자처럼 과장스럽게, 억지스럽게도 해본다. 아이 앞이니 괜찮다. 마음껏 연기하다 보면, 어느새 내 감정이 조금씩 묻어나오는 걸 느낀다.

아이를 키우며 무감각해진 자신은, 아이를 통해 유감각해질 수 있다. 가까이에 있는 감각의 원석들을 놓치지만 않는다면.

감정 일기 속 한 문장

감정에 대해 무감각하다 느낀다면, 먼저 표현하는 연습을 해보세요. 억지로
라도 감정 표현을 하다 보면, 감정에 대해 느껴지는 감각도 예민해지더라고
요. 감정 표현 하는 방법은 아이를 따라 해봐요. 아이는 최고의 감정 선생님!

3. 불안

− 실체가 없어 더욱 불안한 마음

　없다. 이곳에도 없었다. 다시 다른 매장을 찾아본다. 시간은 촉박하고, 휴대전화를 검색하는 손끝이 초조하다. 구하지 못하면 어떡하지. 장마철 먹구름처럼 짙은 불안이 나를 감싼다. 아이의 유치원 졸업앨범 촬영을 위한 블라우스를 찾는 중이었다.

　아직 일어나지 않은 일에 대한 걱정, 두려움, 초조. 이 모든 감정이 모이면서 불안은 시작된다. 불안은 나도 모르는 새 다가와 결국에는 모든 것을 굴복시킨다. 나는 서서히 불안에 잠식당한다. 거대한 불안도 처음엔 별것 아닌 일로 시작되곤 한다. 흰색 블라우스를 사는 일처럼.

흰색 블라우스를 구하지 못하면 어떡하지. 앨범 촬영을 위해 생각했던 옷차림새의 계획이 틀어질 것이다. 블라우스 대신 집에 있는 티셔츠를 입어야 한다. 칼라가 있는 셔츠를 입으라는 유치원 공지사항을 어기게 된다. 아이는 모두가 옷을 갖춰 입은 가운데, 혼자만 다른 옷을 입게 될 텐데. 당황스럽고 부끄러울지도 모른다. 이런 생각들을 하며, 걱정에 걱정을 더한다. 흰색 블라우스는 이제 거대한 돌덩이가 되어 나를 짓누르게 된다. 불안에 갇힌 나를 구할 방법은 흰색 블라우스를 구하는 일뿐이다.

온라인으로는 검색 2시간, 오프라인으로 백화점 매장을 세 군데를 돌아다닌 후에 흰색 블라우스를 살 수 있었다. 하루 동안 일어난 일이다.

하나의 사례를 들긴 했지만, 다른 일에서도 마찬가지다. 준비되어 있지 않으면 불안하다. 아침엔 아침 식사가 준비되어 있어야 하고, 오후엔 아이들 간식이 준비되어 있어야 한다. 아이들이 돌아와서 쾌적하게 지낼 수 있도록 먼지와 얼룩 없이 깨끗한 집안이어야 한다. 계절감과 상황에 맞는 옷을 바로 입을 수 있도록 해야 한다. 일상이 이러하니, 여행은 더 하다. 내 집이 아닌 곳에서 쾌적하고 편안함을 가질 수 있도록 더 많은 것들에 대해 준비한다. 모두 만약에 생길지도 모를 일에 대한 불안 때문이다.

이쯤 되면, 궁금해진다. 도대체 이렇게 걱정하고 불안에 떠는 심리가 무엇 때문인지. 걱정하는 상황이 벌어질지 아닐지는 모르는데, 왜 나는 실체 없는 불안 때문에 스트레스를 받는 걸까. 만약 걱정하는 상황이 벌어지면, 어떻게 될까?

아이가 둘이 된 지 일 년 반이 지났지만, 두 아이의 엄마라는 사실은 예나 지금이나 똑같이 버겁다. 엄마라는 역할 자체가 내게 버겁다. 잘 해내다가도, 어떤 날은 아이를 돌보는 일에 자신이 없어진다. 나도 모르게 최악의 상황을 상상하곤 놀라는 일이 많다. 횡단보도를 건널 때면, 찻길로 뛰어드는 상상을 한다. 난간이나 높은 곳을 바라보면, 둘 중 한 명이 떨어지기라도 하면 어쩌지, 하며 불안해한다. 사람들로 붐비는 곳에 가면, 잠깐 한눈판 사이에 아이를 잃어버릴까 걱정한다. 엄마라면 누구나 한 번쯤은 해보는 걱정들이다. 아이를 잘 키우고 싶은 마음이 클수록, 걱정이 늘어나고 불안감이 높아진다.

그리고 또 하나의 불안이 공존한다. 아이들을 걱정하는 마음에 생기는 불안과는 다른 모양이다. 아이들로 인해 지키지 못하게 될 시간과 체력, 자아, 사회적 존재감 등, 자기 모습을 잃는 것에 대한 두려움이다. 물론, 현재로선 8살, 3살 아이를 돌보는 일이 내겐 중요하다. 다른 일보다 우선이 되어야 할 일이다. 그러나 아이들이 자라는 만큼, 나의 30대도 지나간다. 경력에 있어서 확장하고 꽃을 피울 수 있을 시기에 육아하며 보내는게 안타깝다. 너무 예쁜 아이들이지만, 한편으로 시간과 에너지를 앗아가는 아이들이기도 하다. 그런 생각이 들면, 아이들을 회피하고 싶어진다. 아이들은 불안감을 자극하는 촉매제가 된다. 아이들과 함께 있을 때 모두 주기만 했던 자신을 찾고 싶은 마음이 든다. 동시에 앞으로도 나의 모든 것들을 가져가 버릴 아이들을 생각하면 불안감이 든다.

1시 50분.

점차 초조해진다. 1시 50분은 5교시를 하는 큰아이 학교가 끝나는 시간이다. 시계를 여러 번 확인한다. 벌써 시계를 여섯 번 바라봤는데, 시간은 십 분밖에 지나지 않았다. 쫓기는 사람처럼 그 시간이 다가오는 것을 기다린다. 의자 등받이에 등을 붙이고 앉아 있지 못한다. 겨우 엉덩이 끝만 간신히 붙이고 앉는다. 불안감의 확연한 표현이다. 오늘도 아이들이 집에 오기까지 준비를 잘 마쳤는지 걱정한다. 아이들이 집에 오기까지 자신을 잘 지켰는지 불안하다. 특별할 것 없는 일로 불안해하다니, 이런 자신이 우습다. 언제쯤 떨쳐버릴 수 있을까.

어쩌면, 실체 없는 유령이라는 데에 실마리가 있지 않을까. 유령이 두렵다면, 유령을 마주하러 가보는 건 어떨까.

 감정 일기 속 한 문장

사람은 긴장하고 걱정을 많이 할수록 실수를 많이 한다고 해요. 실수 좀 하면 어때, 하고 생각해 볼까요. 내가 생각하는 그 일이 발생하는 것은 사실, 그렇게 대단한 일이 아닐지도 몰라요.

4. 소심함

– 최소한의 것이라도 지키려는 마음

주말이면 늘 어디로든 다니곤 했던 우리가 여행은 고사하고, 공원 나들이도 자제한 지 육 개월째다. 집 안에만 있는 걸 싫어하는 건, 아이만이 아니라 어른도 마찬가지. 밖에 나가는 걸 좋아하는 남편은 주말마다 나가자고 성화고 그걸 만류하는 나와 주말 아침이면 부딪치고 있다.

원래도 이렇게 소심한 사람이었던가? 아이를 키우면서 한없이 소심한 자신을 발견하는 일이 잦다. 아이가 감기에 걸리지 않을까, 걱정되어 밖을 나가지 못한다. 차가운 날씨가 시작된 이후로는 집 안에만 들어앉아 있다.

윤이는 비염이 있는 데다, 어렸을 때는 중이염도 잘 걸렸다. 어린이집과 유치원을 다닌 5년 동안 동네 소아과 병원을 안 다녀 본 곳이 없을 정도로, 좋다는 병원을 찾아다녔다. 동네 병원으로 모자라, 대학병원에 오가기도 했었다. 이제 첫째가 크면서 좀 괜찮아질 만하니, 둘째가 말썽이다. 누나처럼 똑같이 비염에, 이 아이는 기관지염이다. 잘못하면 천식이 될지도 모른다는 걱정 때문에, 감기 기운만 보여도 병원에 데려가기 바빴다.

"왜 이렇게 감기에 걸릴까요? 감기에 안 걸리려면 어떡해야 하죠?"

소아과 병원 의사 선생님은 묻는 말이 답답한 듯, 피식 웃으시며 대답하셨다.

"하와이에 가서 살면 돼요. 날씨 따뜻하고 공기 좋은 곳. 그리고 어린이집 안 가고 집에 있으면 되고요."

스피노자는 소심함을 최소한의 것이라도 지키려는 마음으로 정의했다. 대의를 이루려면 잃는 것도 있어야 함을 아는 것이 군자의 마음이라면, 이건 정반대다. 아주 작은 것도 잃는 것이 두려워 아무것도 행동하지 못하고 몸을 움츠리다니, 소인배의 마음이다.

아이를 키우다 보면, 이런저런 일이 있기 마련이다. 아이가 아픈 일도, 다치는 일도, 심지어 아이를 잠시나마 잃어버리는 일이 생기기도 한다. 모두 가슴 아프고, 있어서는 안 될 일이다. 첫아이를 키우면서 이러한 일들을 겪고 보니 마음도 아프고, 몸도 아프고 고생이 이만저만 아님을 알았다. 조금만 예상에서 벗어나도, 조금의 욕심을 부렸음에도, 그로 인한 결과는 크나크리라. 또한 그 책임은 모두 내가 지리라. 그러니 육아 7년, 점차 이런 다짐만 늘어난다. 다시는 이러지 말아야지. 다음부터는 이런 일을 만들지 않아야지.

엄마에겐 해야 할 리스트가 아니라 하지 말아야 할 리스트가 늘어만 간다. 엄마 생활을 오래 하면 노하우도 생기고 마음의 연륜도 늘어날 거라고 생각했는데, 웬걸 소심함만 커진다. 이젠 자라 보고 놀란 가슴, 솥뚜껑 보고 놀라는 경지, 개복치, 유리 멘탈까지 가버렸다.

그런데 도대체 언제까지? 어디까지?
의문이 들었다.
아이의 안전과 건강을 위해 상황을 조절한다 한들, 내 마음처럼 통제

할 수 있을까? 가능한 걸까? 이런 예측 불가능한 세상 속에서, 나조차도 조절하지 못하는 판에 자식을? 365일, 24시간을 옆에 내내 붙어 있다 해도 불가능한 가정이었다. 소아과 병원 의사 선생님의 하와이로 가야 한다는 말의 의미를 알 것 같았다. 불가능한 일에 공연한 마음을 쓰지 말라는 단순한 진리의 말씀이었다. 그래, 하와이. 까짓거 하와이를 못 가면, 하와이의 마음을 갖자. 알로하~.

소심함은 아이를 키우다 보면, 자연스레 생겨난다. 아이에 대한 사랑으로, 걱정으로, 책임감으로. 조그맣게 생겨난 싹은 아이와의 사건·사고들과 함께 점차 자리를 잡고, 깊게 뿌리내린다. 아이는 자라나고, 사건·사고는 계속되고, 엄마는 점점 더 작아진다. 엄마가 작아지면 작아질수록, 소심함의 나무는 가지를 쭉쭉 뻗고 그늘을 드리운다. 소심함의 그늘 밑에 숨지 말자. 아파도, 다쳐도 아이들은 회복하면서 자란다. 어떻게든 자라나는 아이들의 성장을 의심하지 말자. 자라나는 아이들과 함께 엄마도 그늘에서 나와, 팔을 쭉쭉 뻗고 자라나자.

'우리 아이만 이렇다'는 생각에서 벗어나요. 아이가 아플 때 병원에 데려가면, 아픈 아이들로 붐벼요. 아이가 수업 시간에 집중력이 떨어져서 걱정하면, 다른 아이 엄마들도 같은 걱정을 하고요. 내가 걱정하는 우리 아이의 문제는 사실, 모두가 다 하는 걱정이에요.

5. 의무감

- 꼭 해야 할 일들만 하다 보니

학창 시절, 필기 하나는 잘하는 학생이었다. 필기로 단정하듯 말하는 이유는 필기 빼고 나머지도 잘했다고 자신할 수 없어서다. 수업 시간엔 조는 날이 많았다. 아마도 밤늦게까지 야자를 하거나 학원 수업을 들었기 때문일 것이다. 공부는 학원에서 하고, 정작 학교에서는 꾸벅꾸벅 졸기 일쑤였다. 지금은 낮에 아기를 세 번씩 재우면서도, 낮잠 한 번 자본 적이 없지만, 그때는 대낮에도 졸음이 쏟아졌다. 아무튼 신기한 건, 졸면서도 필기는 완벽하게 해놓은 채였다. 그것도 형광펜과 색색의 펜으로 별과 용 꼬리까지 그려가면서.

쉬는 시간이면, 내 필기는 인기가 좋았다. 졸지 않는 친구조차 필기 공책을 빌려갔다.

"넌 희한하게 졸면서도 필기는 다 해. 진짜 신기하다니까."

그러나 졸면서 들었던 수업이 공책 말고 머릿속까지 기억될 리 만무했다. 수업이 끝나면, 기억나는 건 칠판 위에서 아지랑이 피듯 일렁이는 글자들이 전부였다. 그래도 필기라도 열심히 한 덕분인지 보통의 성적은 유지했다.

남편은 잘 노는 학생이었다. 초등학생 영재반 출신이라는 것을 늘 자랑하듯 말하는 남편은 공부는 언제든 마음만 먹으면 잘할 것이라는 자신이 있었고, 그 덕에 고등학생 때 걱정 없이 놀았다고 한다. 그 시절 친구들과의 에피소드를 듣다 보면, 내가 대학생이 되어서야 했던 것들을 이미 누리고 있었다. 화려한 학창 시절을 보낸 남편에 비하면, 학교—집만 오갔던 단조롭던 내 모습이 안타까울 정도다. 물론, 충분히 만끽했던 호시절을 만회하느라 남편의 20대는 많은 시간 공부를 하며 보내야 했지만 말이다.

해야 할 일은 꼭 해야 한다는 주의로 살아온 나와 하고 싶은 일이 있으면 꼭 하고야 마는 남편이 만났다. 원하는 일이 있어도 현실적인 조건을 들어 안 되는 이유부터 찾곤 했던 내가, 남편을 보며 '원해도 괜찮다'는 것을 깨닫기 시작했다. 무언가를 원하는 마음이 내 안에서 처음으로 인정받게 된 거다.

필기는 수업을 들었다는 증명이었다. 부족한 잠 때문에 졸음이 쏟아져도, 수업은 들어야만 한다는 의무감에 억지로 펜을 들었을 것이다. 의무감에 떠밀려 수업을 듣는 것보다 필기에만 집중하던 소녀는 자라서 인생이 내준 숙제 역시 의무적으로 해내는 데에 익숙한 사람이 되었다. 숙제만 해내는 데에도 힘이 빠지는 모습은 수업 시간에 졸던 그때와 변함이 없었다. 대학, 취업, 결혼, 출산… 해야 한다고 여긴 숙제를 해가면서 여기까지 오고 보니, 숙제를 잘하고 못하고는 아무 문제가 아니었다. 숙제는 지금 해도 되고 나중에 해도 되는 거였다. 아니, 숙제라고 생각했던 건 혼자만의 생각일 뿐이었다.

수업 시간에 필기는커녕, 엎드려 편안히 잠을 잤던 남편은 오랜 준비 끝에 원하던 직업을 가졌다. 원하던 동네에 살게 되었고, 원하던 차를 가졌다.

다른 모습의 학창 시절을 지나왔지만 두 사람은 각기 다른 방법으로 현재에 마주치게 되었다. 어떤 부분은 만족하고, 어떤 부분은 아쉬워하며 산다. 각자의 길에 맞고 틀린 건 없겠지만, 난 가끔 자유분방했던 남편의 학창 시절이 부럽다. 남들이 좋다 하는 길 말고, 모범 답안 말고, 나만이 좋아하는 길을 걸어본 경험이 부럽다.

고등학생의 나는 필기라도 하지 않으면, 공부를 따라가지 못할 것이라는 불안감이 그림자처럼 따라다녔다. 필기는 인기가 있을 정도로 잘했지만, 재미있어서 한 건 아니었다. 그때 내가 필기하지 않았더라면 어땠을까. 그래도 중간의 성적은 유지했을까. 흐릿하게 남은 고교 시절의 기억은 달라졌을까. 졸면서 필기하는 대신, 엎드려 잤다면? 한 번이라도 수업 시간에 땡땡이를 쳐봤다면?

조금은 인생이 달라졌을까. 컬러풀한 남편의 학창 시절처럼 나도 조금 컬러풀했을까. 지금 해야 한다고 생각하는 일을 하는 대신, 지금밖에 할 수 없는 일, 지금 가장 하고 싶은 일에 에너지를 쏟았다면.

일요일 오후 4시. 오랜만의 동창 모임이 있었다. 친구들과 헤어질 즈음, 남편에게서 전화가 왔다.
"윤이 데리고 본가에 갈게. 오늘 너 자유시간이야. 너 하고 싶은 거 해."

뜻밖의 갑작스런 자유를 통보받았다.

"오오, 잘됐네. 이럴 때는 무조건 알았다고 해. 그냥 쉬어."
"이제 뭐 할 거야? 영화 보러 가."

나보다 주변 친구들이 더 들뜬 듯했다. 가족과만 지낸 시간의 두께 탓일까. 정작 혼자가 되어서는 뭘 해야 할지, 어디로 가야 할지 몰랐다. 종잇장처럼 가볍던 때가 내게도 있었는데.

전화를 끊고 친구들과 헤어지고 나니, 한남동 사거리에 혼자 남았다. 시간은 오후 4시 20분. 어디든지 갈 수 있었고, 무엇이든 할 수 있을 시간이었다. 언덕 너머, 집으로 향하는 광역버스가 오고 있는 것이 보인다. 어떡하나.

예측하지 못한 자유시간은 나를 방황하게 했다. 해야 할 일들만 해오던 습관은 하고 싶은 일을 찾지 못하게 했다. 받아들일 준비가 되지 않은 채 주어진 자유는 반갑지 않았다. 놀 시간을 줘도 못 놀다니. 이것은 몇 년간 성실한 엄마이자, 주부의 역할을 세뇌당한 여자의 최후일까.

예정 없는 술을 마시게 되어 운전 할 수 없을 때, 우리는 대리운전 기사를 부르기도 한다. 사실, 대리를 불러본 경험은 없다. 그러나 한 번도 대리운전을 경험한 적 없는 내게도, 여지없이 휴대폰엔 대리운전 광고 메시지가 쌓인다. 수신인을 잘못 찾은 메시지를 지우며, 스팸 메시지의 한심함에 대해 생각한다. 내게 예정에 없던 술 약속은 지금까지도 없었지만, 앞으로도 없을 일이기 때문이다. 그러나 도대체 왜, 알 수 없는 제한은 누가 만들어 놓은 걸까. 누구도 내게 밤늦게까지 술을 마시지 말라고 한 적은 없다.

누군가를 대신해 일을 처리해 주는 사람을 대리라고 한다. 대리운전을 불러본 적 없는 내게는 대리도 허용되지 않았다. 잘 지내는 듯싶다가도, 가끔은 대리를 부르고 싶을 때가 있었다. 문득문득. 잠시도 아이와 떨어질 수 없었던 때, 어른 사람들과 대화하고 싶다고 생각하던 때, 온종일 집 밖을 나가지 못해 베란다 너머 아파트 주차장만 바라보던 때. 이러다 밤마다 울음소리가 난다는 아파트 괴담 속 전설 바위가 되는 건 아닐까 상상하곤 했다. 그럴 때마다 난 다른 사람이 되는 상상을 한다. 홈웨어와 앞치마는 벗어 대리님에게 건네주고, 홀가분히 외출복을 입고 나가는 나를 상상한다.

결론을 말하자면, 그날 오후는 집으로 향하는 광역버스를 탔다. 사실, 차를 가지고 가지 않았기에 대리운전 기사를 부를 일은 처음부터 없었다. 차도 없는데, 자유롭게 술을 마실 수 있지 않겠느냐고? 술을 함께 마실 친구를 찾지도 못했다. 그렇다고 혼자서 술을 마실 자신도 없었다. 그저, 일찌감치 집 앞 정류장에 도착한 버스에서 내려, 가만히 주변을 바라봤을 뿐이다. 거리를 지나다니는 사람들은 여전히 바빠 보였고, 버스와 자동차들의 헤드라이트 빛들이 빠르게 나를 스쳐갔다. 나를 제외한 세상 모든 것들이 잘 작동하고 있는 듯했다. 나 없이도 세상은 잘만 돌아가는구나. 그동안 그리도 악착같이 버텨오던 의무감에서 벗어나니, 날아갈 듯이 가벼워짐을 느꼈다. 특별한 이벤트를 만들지 않아도, 말하자면 대리기사님을 부르는 일 없이도 잠깐의 자유 시간은 나를 해방시켜주었다.

그렇게 선 채로 한참을 가만히 있었다. 한 조각의 저녁 바람이 귓등을 스치고 지나간다. 점점 시간은 지나고, 해 질 녘에서 저녁 어스름이 드는 때로 바뀌어갔다. 아무것도 하지 않음이 주는 기쁨으로 나를 채운다. 자연이 바뀌어가는 모습을 바라보는 기쁨으로 나를 채운다. 일개미처럼 의무적으로 살아오던 나를 건져냈던 순간이었다.

가끔 쓸데없는 일을 해보세요. 공원 벤치에 앉아서 구름 흘러가는 것 바라보기, 싱잉볼 소리 듣기, 문구점에서 좋아하는 문구 고르기, 달팽이 키우기, 아로마 향 종류별로 맡아보기. 시간이 없어서 바쁜 사람일수록 생산성과 상관없는 이런 시간이 필요해요.

6. 그리움

– 일상처럼 갖고 있는 감정

두 시간 전, 젊은 부부가 집에 다녀갔고, 비로소 실감이 나기 시작했다. 그리고 곧이어 남편이 보낸 메시지엔 "오늘 왔던 사람들, 집 계약한대."라고 적혀 있었다. 이렇게 빨리 집이 나갈 줄 몰랐는데. 이제 정말로 우리 집이 우리의 집이 아니게 됐다.

이 집은 내겐 고향 같은 곳이다. 독립하고 살게 된 첫 집이자, 신혼의 추억이 있는 집이다. 윤이와 한이가 태어나 첫걸음을 뗀 집이고, 첫 책의 많은 글들이 탄생한 집이다. 나에겐 밥을 먹고, 잠을 자는 집 이상으로 여러 가지 의미가 많은 장소다.

떠날 때가 가까워져 와서야 새삼 의미를 되새기게 된다니. 집의 이곳
저곳, 구석구석을 둘러본다. 오늘 밤, 집 안 곳곳에 묻어 있는 우리 가족
의 역사를 오롯하게 느껴볼까 한다. 단순한 낙서 같은 흔적이라도, 내겐
아이들과 함께했던 시간이 담겨 있으니 소중하다.

거실 한쪽 벽의 모서리엔 칸칸이 나눠놓은 공간에 숫자와 아이들의 이
름이 적혀 있다. 윤이가 혼자 서기 시작할 때부터 키를 재서 적어놓은 것
이다. 한이가 태어나면서 한이 것도 함께 적으면서 시간의 흐름은 중복
되어 있다. 윤이의 남자친구가 놀러 온 날엔 윤이와 남자친구의 키를 함
께 기록하기도 했다. 모서리를 통째로 옮길 방법은 없을까. 고민하다 사
진을 찍어둔다.

부엌 상부 장에는 낡은 그림 한 점이 붙여져 있다. 그림은 누렇게 변색
되고, 부엌의 습기를 머금으며 울기도 했다. 윤이가 세 살에 크레파스로
그린 두족화[3]이다. 구름처럼 둥글넓적한 타원형에 삐뚤한 선이 찍찍 내

---

3) 두족화 : 3~5세의 아이들이 처음으로 사람의 형상에 비슷하게 그리는 그림으로, 동그란 머리에 선으로 팔과
다리를 그어 그린 그림.

려온 그림은 사람이라기보다 코끼리나 원시 동물 같아 보인다. 낡은 종이지만 여기엔 처음으로 형태를 갖춘 그림을 그리게 된 아이의 역사가 있다. 설거지 중에 잠깐 허리를 펴고 고개를 들어 상부 장을 바라보기만 하면 된다. 다시 환희와 놀라움으로 가득했던 그날로 돌아갈 수 있다. 여전히 머릿속에선 생생한 그날을 바라보다 그림을 떼어낸다.

방의 불을 *끄다* 스위치에 붙어 있는 스티커를 본다. 이제 보니, 방마다 전등 스위치엔 스티커가 다 붙어 있다. 이전에 윤이가 칭찬 스티커를 다 모아서 선물로 받은 스티커로 집 안을 꾸민다며 붙여놓았던 것이다. 몇 년쯤 되었을까. 다섯 살쯤이었던 걸로 기억하니, 이제 삼 년은 된 스티커다. 새로 입주할 사람을 생각하며, 스티커를 뗀다. 오래 붙어 있어 그런지, 잘 떨어지지 않았다. 삼 년이란 시간을 체감한다.

윤의 초등학교 입학을 앞두고 이사를 하게 되었다. 윤의 새 출발을 계기로, 가족 모두가 새 출발을 하게 된다. 새로운 동네이니, 새 학교, 새 어린이집, 새로운 이웃을 만나게 된다. 아이들이 다니던 동네 소아과와 치과병원을 바꿔야 하고 장 보러 다니던 마트나 슈퍼, 정육점, 빵집을 바꿔야 한다. 작업하러 가던 카페도, 오전의 산책길도, 도서관도 바꿔야 한다. 그곳에서 만나는 얼굴들도 바뀌게 되겠지. 장소가 바뀌면, 생활도 바꿰게 됨을 실감하는 중이다.

벌써부터 그립다. 이사를 자주 안 다녀서일까. 내 삶에서 많은 부분을
차지했던 동네 라이프에 가져오는 변화들이 설레기보다는 두렵다. 그리
고 자꾸 뒤를 돌아보게 된다. 두고 가는 우리 집이, 우리 동네가, 동네의
빵집과 카페와 병원과 슈퍼 아줌마, 요구르트 아줌마, 경비 아저씨, 꽃가
게 아주머니가 아쉽다. 이삿짐과 함께 그들을 포장하여, 이사 갈 순 없을
까.

그리움의 원천은 사실, 살아왔던 옛 동네, 옛집에 있지 않다. 다시는
돌아갈 수 없는 과거의 어느 시절, 어린 아이였던 윤이의 모습에 대한 그
리움이다. 아이를 키우다 보면 종종 빨리 컸으면 좋겠다는 생각을 하게
된다. 지금의 상황이 너무 힘들다 보니 아이가 크면 좀 나아질까, 하는
생각에서다. 그러다가도 예전의 아이 사진을 보기라도 하면 작고 예뻤던
어린 아이의 모습에 넋을 잃기도 하는 것이다. 아이가 어릴 때의 사랑스
러운 몸짓과 귀여운 옹알이, 솜털이 보송보송한 작은 볼과 엉덩이는 시
간이 지나면 다시는 만날 수 없는 것들이다. 이제는 제법 탄탄해진 윤이
의 팔과 다리를 만져보면, 아가 시절의 보들보들함이 많이 사라졌음을
느낀다. 다시 돌아오지 못하는 어린 시절을 그리워한다. 그리고 아이와

함께 젊은 시절의 나도 그리워한다.

매일 밤, 아이의 사진을 바라보다 잠에 든다. SNS에서 정리해서 보여주는 1년 전, 3년 전, 5년 전 오늘의 사진 속 아이의 모습을 보며, 상념에 빠진다. 이렇듯 엄마에게 그리움은 일상의 감정이다. 빠르게 지나가 버린 오늘 하루도, 잡을 수 없는 아이들의 순간순간도 모두 그리움의 영역으로 들어가 버릴 것이다.

 감정 일기 속 한 문장

셀카를 찍어요. 살면서 가장 예쁠 때는 바로 지금이에요. 아이들의 사진을 보면서, 지나간 날을 그리워할 시간에 차곡차곡 모은 내 사진을 보며, 지금에 충실해 봐요.

7. 외로움

– 군중 속에 홀로 서 있는 기분

오후 1시. 윤이의 초등학교 하원 시간이다. 10분 전쯤 아이의 학교 정문으로 가서 서서 기다린다. 윤이가 언제 나올까. 기다림 때문인지 자꾸만 시계를 확인한다. 12시 53분, 55분, 56분. 1분이 이토록 길었던가.

주변을 둘러보니 두 명, 세 명씩 짝을 지어 기다리는 엄마들이 있었다. 이사를 온 지 한 달 남짓, 아직 아는 사람이 없어 혼자다. 간혹 혼자 기다리는 엄마들도 보였지만, 유독 나만 혼자인 것 같은 느낌이 크게 다가온다. 윤이가 교문으로 나올 때까지 기다리는 십 분의 시간이 십 년처럼 길게 느껴지는 이유다.

윤이가 하교하면, 미술학원에 가기 전까지 한 시간 정도 남는다. 우리는 학교 근처의 상가를 어슬렁거리며 간식을 먹거나, 근처 놀이터에 가서 시간을 보낸다. 오늘은 핫도그 가게에 갔다. 윤이는 핫도그를 좋아한다. 가게에는 아직 손님이 아무도 없었다. 우리는 치즈 핫도그 하나와 사과주스를 주문하고 자리에 앉았다. 곧이어 남자아이 세 명과 엄마들 세 명이 가게에 들어왔다. 조용하던 가게가 시끌시끌해졌고, 자리도 비좁아져서 의자에서 일어나서 서 있었다. 그들은 메뉴 선택부터 이런저런 이야기가 오가면서 한참이 걸렸다. 엄마들 중 한 명이 핫도그를 계산하니, 다른 한 명은 커피를 산다고 한 모양이었다. 놀라는 목소리, 만류하는 목소리와 웃음소리 끝에 핫도그 세 개와 주스 세 잔, 아이스 아메리카노 세 잔을 주문한 뒤, 밖으로 나갔다. 아이들은 아이들끼리, 엄마들은 엄마들끼리 왁자지껄했다. 무슨 신나는 일이 있었는지 계속 웃음소리가 끊이지 않았다. 윤이는 부러운 듯 자꾸만 그쪽을 쳐다봤다.

"엄마는 커피 안 시켜? 저 아줌마들은 커피 마시는데?"
"저 애들처럼 나도 나가서 놀면 안 돼?"

엄마와 잠깐이라도 함께 있는 시간을 좋아하던 윤이었지만, 오늘은 아이들 무리만 바라봤다. 나 역시 그들을 바라보며, 무언가 부족하다는 감정을 느꼈다. 윤이의 하굣길에, 함께하여 평화롭고 즐거울 이 시간에 부족한 것은 무얼까. 평소라면 느끼지 않았을 감정이었다. 모든 것이 익숙하고, 편안한 옛 동네라면 느끼지 않았을 감정. 외로움이었다.

새로운 동네의 처음 보는 가게 사람들, 낯선 동네 사람들, 새로운 학부모들, 새 학교 친구들. 무엇 하나 우리에게 익숙하고 편안한 것이 없는 장소, 상황이었다. 낯선 곳에 떨어진 우리를 제외하고는 모두가 서로 친하고 잘 아는 것 같았다. 우리를 제외하고는 상대적 외로움일까. 군중 속에 홀로 서 있는 기분이었다.

군중 속에 홀로 있는 것 같은 느낌은 초등학교 하굣길에만 느끼는 감정은 아니다. 따뜻하고 편안한 우리 집에서도 느낄 수 있다.

결혼하고 나면, 외롭지 않을 줄 알았다. 만나기만 하면, 대화가 끊이지 않는 상대와 온종일 같이 있을 테니까. 늘 내 이야기에 귀 기울여주고, 내 마음과 똑같은 당신이 내 편을 들어줄 테니까. 편안하고 안정적인, 그리고 외롭지 않을 날들을 위해 결혼을 결심했고, 우리의 행복을 더 해줄 거라 생각해서 아이들을 낳았다.

결론부터 말하자면 결혼 생활은 나를 외롭게 한다. 어쩌면, 결혼하기 전보다 더 외롭다는 생각이 든다.

아침 일찍 출근하여 밤늦게 집에 돌아오는 남편과 말 한마디 섞지 않고 하루를 보낼 때가 많아졌다. 어쩌다 저녁때 시간이 나도 다정한 말 한마디 건넬 줄 모르는 남편은 나를 더 외롭게 했다. 함께하지 않아서 외롭게 하는 것보다, 함께하기에 외롭게 하는 게 더 힘들었다. 같은 공간에 있으면서 서로 마음이 다른 곳을 바라보고 있는 상대는 서로를 외롭게 하기 위해 존재하는 듯했다.

아이가 둘이나 내 주변을 맴돌지만, 어찌 된 건지 외로움은 존재했다. 외로움은 아이들과 상관없는 마음속 다른 구멍을 파고 깃들었다. 온종일 자신의 요구를 들어달라고 말하기 바쁜 아이들이다. 아이들이니 당연한 것이지만, 때로는 이것이 마음 한편을 공허하게 한다. 아무리 잘 해줘도 끝이 없고, 잘 못 해준 것만 기억하는 그들은 나의 공로나 괴로움을 알아주지 않는다. 낳았으니 책임지라지만 해도 해도 너무하다. 누구 하나 내 마음을 알아주는 이 없는 것 같다.

결혼으로 인해 언제나 함께 있을 세 명을 얻었다. 그리고 세 명으로 인해 느끼게 될 상대적 외로움과도 언제나 함께하게 되었다. 외로움은 결국 혼자여도 함께여도 느끼는 것이었다.

 감정 일기 속 한 문장

외로움은 내 친구. 외로우면 좀 어때? 당당합시다.

II

첫 아이를 만나며 느꼈던
특별한 감정

8. 설렘

– 잊지 않았으면 하는 감정

늘 내 반쪽을 가져가는 사람이 있다. 아침마다 사과를 먹을 때면, 꼭 그 사과의 반을 먹는 사람. 음악을 들으며 감동하려는 찰나에는 역시나 몸을 꿈틀대며 리듬을 타곤 한다. 먹을 것과 음악은 나눌 수 있겠다고 이해하려 했는데, 좋아하는 사람까지 반을 나눠 가지려 든다. 내가 좋아하는 이와 대화를 나누며 기쁨을 느낄 때면 여지없이 그도 통통거리며 즐거움을 방출한다.

처음엔 작은 씨앗 정도로 시작했다. 내 안에서 그라는 존재의 크기란.

그러나 시간이 갈수록 걷잡을 수 없이 몸집을 불려 가기 시작했다. 내 것의 반쪽을 먹고 그만큼 커진 것이다. 내가 가진 모든 것들의 반쪽.

점차 커져가는 그의 존재는 가끔 숨이 막히게도 만든다. 최근 들어서는 소화도 잘되지 않는 느낌이다.

내 것을 누군가와 나누며 살아야 하는 것에서 오는 불편은 결혼 생활을 통해 익히 알고 있는 것이었는데, 이번에는 그것과는 또 다른 불편이다. 나눠 쓰는 것에서 그치지 않고, 점차 그에게 나를 맞춰야만 하는 상황으로 나를 몰아간다. 누군가와 함께한다는 것은 서로가 서로에게 맞추는 것으로 생각해 왔는데, 이렇게 일방적으로 나만 맞춰야 한다고 생각하니 어쩐지 억울할 때도 있다. 그럴 때면 내가 살던 패턴을 유지하려고 안간힘을 써보기도 한다. 그도 그의 편의를 위해 안간힘을 쓰는 듯하다. 그리고 우리의 팽팽한 줄다리기는 결국 나에게 피로감만 안겨준다. 밤마다 지쳐 잠이 들 때에서야 승자 없는 게임의 허탈함에 젖게 된다.

그러나 보통은 내가 취하는 모든 것의 반을 그가 가져간다는 사실이 아깝지 않다. 아니, 반보다 더 주고 싶다. 오히려 그가 가져갈 나의 반쪽에 안 좋은 것이 섞여 있을까, 혹여 그에게 해로움을 끼치게 되진 않을까, 걱정되기도 한다. 요즘의 나는 전과 달라졌다는 얘기를 듣는다. 좋아하는 커피도 하루에 한 잔만 마시고, 뉴스에서 끔찍한 사고 소식이 나오면 채널을 돌린다.

그는 아직 이름도 나이도 없다. 어떻게 생겼다 하고 소개할 만한 인상착의도 흐릿하다. 지금은 아직 내 안에 속해 있어, 자신의 개성을 주장할 만한 근거도 미약하다. 하지만 나는 알고 있다. 앞으로 몇 년간 나를, 우리를 휘어잡을 것을. 그리고 아마도 기꺼이 따를 것임을.

임신 6개월 차. 둘째 아기가 태어나기까지 오늘로 딱 100일이 남았다.

그리고 100일 후, 둘째를 낳으러 가던 날의 기록.

희한하게도 그날은 왠지 아기가 나올 것 같았다. 하루 전날 미리 엄마에게 우리 집에 와달라고 했다. 엄마와 평소처럼 수다를 떨고, 점심을 먹고, 커피를 마셨다. 윤이 유치원 하원 버스가 올 시간이 되어서 엄마와 함께 마중을 나갔다. 버스를 기다리면서 바라본 개천 길엔 하루 사이에 벚꽃이 만개해 있었다. 어제까지는 비가 오고 좀 쌀쌀했는데 오늘은 꽃이 활짝 핀 모습이라니, 아기가 좋은 날을 골라 오는가 보다 생각했다. 아직 진통이 오지도 않았는데, 신기하게도 아이가 태어날 것이란 확신이

들었다.

그리고 그날 밤, 조금씩 진통이 느껴졌다. 진통 간격을 재면서 병원으로 떠날 채비를 했다. 온몸에 흥분이 조금씩 스며드는 것이 느껴졌다. 새벽 2시, 남편과 함께 병원으로 출발했다. 친정 엄마에게 윤이를 맡기고 나오면서, 엄마가 곁에 계셔서 다행이라고 생각했다. 영원한 나의 아기, 윤이를 집에 두고 나가자니 심란했지만, 새로운 아기를 맞으러 가는 길이라는 생각에 설레었다.

고개를 들어 하늘을 바라보았다. 깜깜한 새벽하늘은 구름 한 점 없이 맑았고, 별들만 총총했다. 출산의 걱정 따윈 접어두고, 두근대는 설렘을 가득 안은 채, 나와 아기를 실은 차는 총총대며 병원으로 향했다.

무언가 새롭게 맞이하는 일은 설렘과 두려움이 공존하는 마음이 된다. 그러나 순수하게 설렘만으로 온 마음이 가득 차는 순간은 주저 없이 아이와 만나던 순간이라고 말할 수 있다. 새 생명이 탄생하는 순간만큼은 어느 다른 감정이 끼어들 틈 없이, 설렘으로 꼭 들어차 있었다. 아이란 그만큼 소중하고 특별한 존재이기에 당연하다.

설렘은 아이를 키우면서, 잊지 않았으면 하는 감정이다. 오늘도 처음

만나던 순간의 설렘을 기억하며, 아이를 대할 수 있기를 바란다. 눈앞의
특별함을 놓치지 않도록.

 감정 일기 속 한 문장

아이가 태어나던 순간을 인생 최고의 순간으로 꼽는 사람이 많지만, 금세
잊고 살아요. 이 순간을 주머니 속에 잘 넣어놓고, 힘든 순간 한 번씩 꺼내
먹어요.

9. 희망

– 아이와의 미래를 꿈꾸는 기대감

처음 아이를 가졌을 때의 떨림을 말로 다 할 수 있을까. 아이가 뱃속에 있는 10개월 동안은 세상 누구도 부럽지 않을 만큼 충만함으로 가득 차 있었다. 외롭지 않았다. 어딜 가든 누굴 만나 무얼 하든, 혼자가 아닌 뱃속의 아기와 함께라고 생각하니까. 무엇이든 아기와 나누고 공유했다. 언제나 함께할 수 있는 누군가가 생겼다는 기쁨으로 가득했다. 아이를 출산할 때의 고통과 태어나고 난 뒤의 달라질 생활에 대해 걱정하지 않은 것은 아니다. 가끔은 상상한다. 힘들어지는 것을. 하지만 여기서 끝이다. 다시 현재의 일로 몰두하게 된다. 태동이 느껴지면서 현재 내 몸 안의 일에, 내 안에 작은 생명이 자라나고 있다는 사실에 집중하게 됐다. 모두 배 속의 아기 덕이다. 꼬물꼬물 움직이며, 나 여기 있어요, 하는 아기가 있다. 아기만 생각하면, 일어나지 않은 일에 대한 불안과 걱정이 들어올 틈은 없다.

점차 나는 배 속의 아기를 위해 살아간다. 지금까지와는 다르게 새로운 삶을 살아간다. 더 나은 사람이 되려고 노력한다. 주변 이웃들에게 밝게 인사하고 미소를 짓는다. 가족들과 친구들에게 충만한 기운을 나눠주고 싶다. 임신 중에 만났던 친구들은 하나같이 내가 행복해 보인다고 말했다. 아기로부터 파생된 밝은 기운이 내 몸 안을 가득 채우다 못해, 밖으로도 조금씩 흘러나오는 느낌이다. 눈으로, 콧구멍으로, 입으로.

특별히 생산적인 일을 하지 않아도 죄책감이 들지 않았다. 게으르게 하루를 보내도, 하고 싶은 일만 하며 하루를 보내도 괜찮다. 난 뱃속에서 아기를 키워내는 중대한 일을 하고 있으니까. 가치 있는 일을 하고 있다는 생각은 스스로를 대단한 사람으로 만들었다. 무슨 일을 하든지 잘할 수 있을 거라는 자신감으로 가득했다.

아기가 배 속에 있으면서는 피부도, 머릿결도 부드러워졌다. 아기가 나를 부드럽게 만들어 주고 있었다. 말씨도 고와지고 표정이 밝아졌다. 자연스레 예쁘다는 이야기를 듣게 되었다. 내 눈에 들어오는 세상도 예뻐 보인다. 아이가 앞으로 태어날 세상은 밝고 희망찬 미래로 가득해 보인다. 그리고 그렇게 만들어 줄 엄마가 될 자신이 있다.

아기가 나를 변화시켰다. 아직 태어나지도 않은 아기가.

세상을 바라보는 관점이 달라지니, 내가 달라지고, 세상이 달라졌다. 한 명의 사람이 더해지는 것은 이토록 놀라운 변화를 몰고 오는 일이구나. 대자연의 섭리에 경외감이 생긴다. 작은 풀부터 큰 나무, 강아지, 고양이와 코끼리, 호랑이까지, 모든 생명이 태어나고 자라고 죽는 일이 아름답다. 생명을 만들어 낸 조물주와 우주 만물의 생리에 고마움을 표하고 싶다. 스스로 자라나는 모든 것들이 경이롭고 대견하다. 태어나는 생명에게 축하를, 살아 나가는 자연에게 칭찬하고 싶다. 자연의 부지런한 활동들 덕에 피어나고 사그라드는 계절을 만들어 낼 수 있었다. 아름다운 계절의 한가운데에 나의 아기가 태어날 수 있어서 다행이다. 아기와 함께할 나날들을 생각하면, 가슴이 벅차오른다. 더 이상 떨리고 두근거리는 마음을 감출 길이 없다.

희망은 이처럼 사람을 바꿀 수 있는 힘이 있다. 변화될 미래에 대한 기대감으로 마음은 밝은 빛으로 가득 차고, 무엇이든 할 수 있는 자신감이 생긴다.

 감정 일기 속 한 문장

이런 생각을 하곤 해요. 내게 아이가 없었다면, 이렇게 열심히 살 수 있었을까? 엄마에게 아이는 존재만으로 희망이지요.

10. 대담함과 상실감

> – 애도 낳았는데 뭔들 못 할까와 할 수 있는 것은
> 아무것도 없다는 것

아이를 낳고 난 후의 여자들은 대개 '아줌마'라는 단어로 뭉뚱그려 표현된다. 아줌마라는 낱말이 내포하고 있는 어떤 특성이 있는데, 그것이 아이를 낳았는지의 여부와 연관된 바가 있어서일까. 아이를 낳은 여자와 아이를 낳지 않은 여자 사이에는 무엇이 있는가. 단순히 출산이라는 경험의 유무일 뿐이지만, 그들 사이엔 간극이 존재함은 분명하다. 남자라면, 군대를 다녀온 남자와 다녀오지 않은 남자의 차이일까. 여자의 경우 출산하고 나면 어떤 부분을 특별히 많이 갖게 되는 것 같다. 바로 대담함이다.

대담하다는 담력이 크고 용감하다는 뜻의 형용사라고 국어사전에 설명이 되어 있다. 한자는 크다는 뜻의 대와 마음이나 쓸개를 뜻하는 담으로 구성되어 있는데, 쓸개가 커진다니 조금 이상하긴 하다. 우리가 자주 쓰는 관용어구 '간이 크다'는 말과 비슷한 의미라고 보면 될 것 같다. 겁이 없고 용감하게 자신감이 넘치는 외양을 한 사람을 보면, 대담하다는 말을 쓰곤 한다. 우리가 봐온 아줌마들이 이런 외양을 많이 하고 있을까? 어떤 면에서는 맞고, 어떤 면에서는 아닌 것 같기도 하다. 내 경우엔 아이를 낳고 대담해지긴 했다.

막 아이를 낳고 산부인과 병원에서 산후조리원으로 옮기던 때의 감정을 기억한다. 아이를 낳고 온몸의 뼈를 다시 맞춰야 할 만큼, 몸의 기능이 현저히 떨어져 있었던 때였다. 다리에 기운이 없어 잘 걸어 다니지도 못했지만, 정신력은 누구보다 활활 불타올랐다. 죽음 근처까지 갔다가 다시 돌아온 기분이 그러할까. 극한의 공포와 고통을 겪어내고 일상으로 돌아와 보니, 이젠 어떤 일을 겪어도 극복할 수 있을 것 같았다. 세상에 버티지 못할 일이 없어 보였다. 애 낳을 때의 의지력을 가지고 세상을 산다면, 못 할 일이 있으랴. 한순간에 세상이 달라 보였다. 얼마 전까지 높게만 느껴졌던 문턱이 이제는 활짝 열려 있었다. 내가 발을 떼기만 하면 될 듯싶었다.

그러나 아이를 막 낳은 여자가 당장에 할 수 있는 일은 어린 아기에게 젖 먹이는 일뿐이었다. 아직 온전히 회복하지 못한 몸으로 잠도 자지 못한 채 젖을 먹여야 했다. 난생처음 해보는 일이라, 당황스럽기만 한 그 일을 계속해서 해야 한다. 2시간 간격으로 24시간 풀가동. 나밖에 할 수 없으니, 잘 해내야 한다는 압박감도 상당하다. 여기에서 괴리감이 시작된다.

무엇이든 할 수 있을 것 같았다. 용기가 승천하여 하늘을 뚫을 듯했다. 지옥의 고통에서 살아 돌아왔으니 말이다. 그러나 2주 동안 잠도 못 자며 젖을 먹이는 일을 겪으며 점차 깨닫게 된다. 무엇도 할 수 없는 때라는 것을. 지금 내가 할 일은 세상에 나가 그동안 하고 싶었지만, 용기가 나지 않아 펼치지 못했던 일을 하는 것이 아니라는 것을. 그저 3kg짜리의 물렁거리는 생명체를 2시간 간격으로 수유하는 일이 내 몫의 전부라는 것을 깨닫는다. 그렇게 엄마라는 역할은 젖먹이는 일에서부터 정립되어 간다. 가슴 시린 상실감을 마음속 깊은 곳에 처박아 둔 채. 무엇을 잃어버렸는지 알아차릴 틈도 없이.

여자들에게 출산이란 대담함과 상실감의 감정을 넘나들게 하는 과정이다. 언뜻 보면 정반대의 지점에 있는 두 감정이지만, 동시에 번갈아가며 느끼게 된다. 대담함과 상실감의 사이를 오가며 감정이 요동친다. 아마도 호르몬의 영향도 있었는지, 감정의 진폭은 꽤나 크게 오르락내리락했다. 그리고 둘 중의 하나의 감정으로 정착한다. 내 경우엔 상실감이었다.

 감정 일기 속 한 문장

출산 이후 아이가 돌이 될 때까지의 시간은 혼란의 카오스입니다. 여러 생산적인 생각이 떠올라도, 극심한 피로감에 곧 가라앉아 버리지요. 짧게라도 일기를 써 봐요. 글은 마음을 정리해 주는 데 특효약이에요.

11. 상실감

– 아무것도 꿈꾸지 못하는 감정

어느 날, 윤이 물었다.

"엄마는 꿈이 뭐야?"

"그야… 엄마는 윤이랑 한이 건강하고 예쁘게 잘 크는 게 꿈이지."

(지겹다는 듯이)"아니, 그거 말고~ 우리랑 상관없이, 엄마가 되고 싶은 건 없어?"

"엄마는 이제 되고 싶은 것 없어. 너희 잘되는 게 엄마가 바라는 거야."

"에이, 그게 뭐야. 난 꿈이 엄청 많은데."

아이와 무심결에 한 대화가 한동안 머릿속에서 떠나질 않았다. 내가 이런 말을 하게 될 줄이야. 엄마에게서 많이 듣던 레퍼토리가 내게서 나오다니. 자식들에겐 부담을 주고 엄마의 희생은 당연시하는, '너희가 내 꿈이고, 미래다.'라는 식의 이야기.

10대, 20대 시절, 집에서 살림만 하는 엄마를 보며, 답답하게 느낄 때가 많았다. 엄마에게 "엄마는 꿈이 뭐야? 엄마 하고 싶은 게 뭐야?"라고 묻곤 했고, 그때마다 돌아오는 대답은 너희가 잘되는 것이라는 말뿐이었다. 재미없고 시시한 인생이라고 생각했다. 하고 싶은 것, 되고 싶은 것이 끊임없이 샘솟던 철없는 시절이었다. 그리고 시간은 흐르고 흘러, 엄마가 되었고, 엄마를 생각해 본다.

그리고 그때의 엄마는 생각처럼 재미가 없었을까? 혼자만의 생각은 아니었을까.

윤과의 대화 속 내 모습은 무엇일까? 무심코 한 대답이지만, 정말 이루고 싶은 게 없는 걸까. 재미없는 사람은 내가 아닐까.

꿈을 생각할 틈 없는, 초등 엄마다. 하루하루가 처리해야 할 일들로 가득하다. 잘 다니던 직장도 그만둘 만큼 엄마들을 바쁘게 만드는 게 초등학교 입학생이라고 하지 않은가. 그리고 덧붙여 3살 영유아까지. 양손이 가득 차고 어깨가 내려앉기에 충분하다.

분주한 나날 속이나, 특별히 하는 것은 없이 지낸다. 여기저기 왔다 갔다만 한다. 아이를 학교에 데려다주고, 데리고 오고, 학원에 데려다주고, 데리고 오고, 어린이집에 데려다주고, 데리고 오고. 끊임없이 몸을 움직이며 하루를 꽉 채워 쓰는데도, 달라지거나 나아지는 것 없는 하루하루다. 그리고 날이 저물 때쯤이면, 하는 일 없이 지나갔다는 허무감이 찾아온다. 오늘도 나를 위해 쓸 시간은 거의 없었다. 어떻게든 글을 쓰기 위해, 노트북과 수첩을 에코 백에 넣어서 다녔지만, 시간은 조각나 있고, 체력은 바닥나 있다.

어느새 첫째는 8살, 둘째는 3살이다. 아이를 낳은 지 7년이 지났다. 꿈에 대한, 스스로에 대한 상실감을 품에 안고 산 지도 7년째다. 커리어가 막 시작되던 시기에 결혼했다. 결혼 후 바로 출산하게 됐고, 아이를 낳아도 일을 계속할 것이라고 생각했다. 첫째가 3살이 되던 무렵, 일에 다시 복귀하기도 했다. 박물관 학예사로 일하던 때였다. 주말 출근이 꼭 필요했고, 남편과 아이는 주말마다 엄마 없는 가정이 되어야 했다. 그래도 버텼지만, 둘째까지 태어나면서 일은 그만두어야 했다. 다시 일을 할 수 있게 될 날을 위해, 그냥 지낼 수는 없었다. 대학원 석사과정에 지원하고 면접까지 보았다. 그러나 대학원 수업 시간은 혼자 두 아이를 돌보면서 해내기 어려운 스케줄이었다. 양쪽 부모님 모두 도움을 청할 수 없었던 내게 선택권은 처음부터 없었다. 입학 합격 소식이 기쁘지 않았다. 차라리 떨어졌더라면. 아이를 키우면서, 일도 지속하고 싶었지만, 그럴 수 없었던 현실에 안주하게 되었다. 내 안에 자리하고 있는 상실감은 더 커져 갔다. 5년쯤 지났을 때 상실감은 더 이상 아픈 감정이 아니었다. 그저 씁쓸하고 시린 감정의 하나로 남았다.

두 아이와 함께 집에 묶여 있는 내가 할 수 있는 일이라곤, 글을 쓰는 일이었다. 틈날 때마다 글을 썼다. 어떤 때는 시간을 만들어서라도 글 쓰는 일에 매달렸다. 내 속에서 나도 모르는 이야기가 샘솟아 넘쳐흘렀다. 상실감을 먹고 자란 이야기들이었다. 글을 쓰면서 내가 누구인지, 무엇이 되고 싶었는지, 잃어버린 것들을 찾아갔다. 더 이상 학예사라는 직업적 타이틀에 얽매이지 않은 채, 자신을 찾고 싶었다. 나를 좀 먹는 상실감이 있었기에, 진짜 나를 마주 볼 수 있었다.

모든 선택마다 내가 하지 않은 것은 하나도 없었다. 아이를 낳기로 결심했을 때도, 일을 그만두던 때도, 대학원 입학을 포기하던 때도, 모두 나의 결정이 있었다. 누구에게도 책임을 물을 생각은 없다. 오늘도 두 아이의 픽업을 하면서, 조각 시간에 글을 쓸 것이다. 저녁이 오면 나를 위한 시간이 없었음에 한탄하며, 상실감에 빠져들겠지. 그러나 이제는 안다. 상실감은 또 다른 무엇으로 탄생할 좋은 불씨가 되어 줄 것임을.

 감정 일기 속 한 문장

집안일과 육아 외에 자신이 몰두할 만한 것을 하나쯤 만들어 봐요. 우린 충분히 젊기에, 무엇이든 시작할 수 있어요.

12. 두려움

- 아이와 단둘이 보낸 숱한 밤들

"으아아앙~ 엄마아 무서워어~."

또 시작이다. 해가 질 무렵이면 어김없이 울어대는 윤이. 왜 우냐고 물어보면 밤이 무서워서란다.

윤이 우는 날은 대부분 아빠가 늦게 들어오는 밤이다. 엄마만으로는 밤의 무서움이 가시지 않는 걸까.

"엄마가 있잖아, 뭐가 무서워."

"엄마는 여자라서 도둑이 와도 지켜줄 수 없잖아."

남편 없이 저녁밥을 먹고 잠에 드는 밤, 왠지 모를 두려운 마음이 드는 건 윤이만이 아니다. 알 수 없는 두려움이 피어오르는 건 나도 마찬가지다. 어둑어둑 하늘이 검어지면, 집 안에 어른이 나 혼자라는 사실이 두려워진다. 조그만 별만이 깜빡이는 캄캄한 밤하늘 아래, 아이와 나 둘만이 이 세상에 남겨진 듯 두려움으로 가득 찬다.

윤의 두려움은 캄캄한 어둠 속, 도둑이 집에 올지 모른다는 불안감으로부터 비롯된 것이다. 아마도 동화책 속에서 본 도둑의 모습이 주로 어두운 밤에 활동하고 있어서 그럴 것이다. 겪어보지 못했지만, 알고는 있는 어떤 불확실한 미래에 대한 두려움이다. 그렇다면 나의 두려움은 무엇인가.

밤에 아이들과 혼자라는 사실이 나를 두렵게 한다. 낮은 병원 문도 열려 있고, 누군가에게든 전화해도 연락을 받을 수 있는 때이니, 어떤 일이 생기든 도움을 요청할 수 있다는 믿음이 있다. 그러나 밤은 다르다. 거리엔 아무도 없다. 병원 문도 닫혀 있으니, 아플 땐 응급실을 제외하고는 갈 수 있는 곳이 없다. 응급실은 말 그대로 응급환자가 가는 곳이 아닌가. 상상하고 싶지 않은 영역이다. 밤은 모두 잠을 자거나 휴식을 취하는 시간이다. 아이와의 어떤 힘든 일이 생겨도(응급한 일이 아닌 이상) 스스로 해야 한다. 작고 약한 아이들은 나만 바라보고 있고, 주변에 도움을 요청할 곳은 없다. 이것이 나의 두려움이다.

생각해 보면, 나의 두려움의 근원은 과거로부터 기인한다. 밤에 혼자 아이를 돌보다 아픈 일은 과거에 겪어왔던 일이다. 한밤중 갑작스러운 아이의 고열과 일로 바빴던 남편, 어떻게 해야 할지 몰라 당황했던 순간이 있었다. 그때 겪었던 일로 인한 고통과 스트레스는 다시는 경험하고 싶지 않다. 잘 알고 있는 고통, 다시 겪고 싶지 않은 고통이 두려운 것이다. 이제는 아이의 고열에 대한 대처법도, 남편 없이 혼자 아이를 돌보는 의연함과 노련함도 갖추고 있지만, 두려움은 여전하다. 왜일까?

아무런 일이 일어나지 않는 날, 오히려 나는 두려움에 사로잡히곤 한다.

코로나19가 기승을 부리던 작년 3월, 주변에 확진자들이 많아지고 있던 때였다. 우리 아이들이 아직 코로나에 걸리지 않고 있을 때, 나는 다행이라고 안심하지 않았다. 오히려 매일 두려움에 몸서리치듯 떨었다. 아이의 친구들이 콧물을 흘리면, 코로나 확진자가 아닐까 의심이 먼저 들었다. 코로나에 오늘 걸릴지, 내일 걸릴지, 아이면 이미 걸려 있는 건 아닌지. 하루하루 두려움 속에서 사는 건 그 자체로 고통이었다. 그리고 2주 후, 우리 집에도 코로나가 찾아왔고, 병치레는 고통스러웠지만 두려움에서 벗어날 수 있었다. 오히려 코로나에 걸릴까 걱정하던 것에서 벗어나니, 후련하기까지 했다.

코로나도 겪어보니, 나을 수 있는 질병 중 하나일 뿐이었다. 물론, 다행히 잘 나을 수 있었기 때문이었다. 신체적으로 큰 고통과 후유증을 동반하기도 했다. 그러나 이 역시 병원에 가고, 약을 처방받고, 잘 쉬면 나을 수 있는 질환이었다. 치료 불가능한, 손 쓸 수 없는 난치병이 아닌 이상, 모든 병은 나을 방도가 있지 않나. 그러니 아이들이 아플 것에 대한 나의 두려움은 사라져도 되지 않을까?

정체를 알 수 없는, 이유 없이 들러붙은 두려움으로 인해, 나는 자꾸만 소심한 사람이 된다. 두려움은 여전히 나를 불안감 속에서 살게 만든다. 두려움은 나를 끊임없는 자아 검열과 고통 속으로 내몬다. 부정적인 감정의 근원이 되는 두려움을 저 멀리 내던질 방법은 없을까.

그리고 이렇게 두려움에 대해 적고 있는 지금, 두려움이 조금 가셔지는 것을 느낀다. 두려움에 대해 두렵다고 말하는 것만으로, 두려움은 조금은 내게 친숙한 대상으로 바뀌는 듯하다. 혼자 입 밖으로 소리 내어 말해본다. '무서워.' 그리고 누군가에게 말해본다. "나 무서워." 조금 더 두려움의 실체가 살아 움직이는 것 같다. 생각 외로 내 두려움은 작고 무른 존재였을지도 모른다. 어쩌면 혼자 간직하고 있는 내밀함이 두려움을 더욱 크게 했던 건 아니었을까.

 감정 일기 속 한 문장

두려움을 주위에 털어놓아요. 두려움은 감출수록 커지더라고요. 두려움을
공개하고, 적극적으로 도움을 받아요.

13. 고립감

– 외딴곳에 나 혼자 갇힌 기분

한밤이지만 한낮처럼 푹푹 찌는 열대야의 어느 밤.

들숨엔 옅은 모기향을, 날숨으로는 나직이 노래를 부르는 내가 낯설다. 작은 이불 속에 미처 들어가지 못한 몸뚱이는 이불과 바닥 사이에 비스듬히 누웠다. 천장에 비친 선풍기의 그림자를 보며, 우주선에 도킹하는 우주인의 모습을 상상한다. 아무도 없는 고요한 우주에서 홀로 중요한 임무를 해내는 우주인의 마음은 어떤 걸까.

가끔 내 자신이 어색하게 느껴질 때가 있다. 어깨와 가슴, 허벅지에 몸을 붙이고 있는 작은 아이들이 내가 낳은 아이라는 사실이 낯설고, 내가 아이들을 먹이고 씻기고 입히고 재워야 하는 엄마라는 게 낯설다. 아침부터 밤까지 아이와 함께 집 안에만 있어야 하는 하루가 낯설고 힘이 든다.

아직, 시계 속 두 바늘은 8시를 가리키고 있다. 왜 나는 작은 방 안에서 자장가를 부르고 있을까. 8시다. 8시는 친구와 저녁 약속을 하고 집을 나서는 시간이었다. 퇴근 후 요가를 하러 가던 시간이었고, 야근 후 동료들과 맥주 한잔하는 시간이었다. 아무것도 없는 날엔, 내 방 작은 책상에 앉아 아껴놓은 영화를 보던 시간이었다.

이제는 8시에 나가는 건 꿈도 못 꾼다. 사람들은 움직이고 흘러가는 8시에, 이 방 안만 이상하게 고립되어 있다. 그리고 나는 이상한 시간과 공간 속에 갇혀 있다. 누군가가 나를 가둬놓은 걸까. 나의 자유를 질투한 누군가 억지로 내 손목을 끌어다 놓은 게 아닐까. 방안의 시곗바늘은 도통 움직이질 않는다. 자장가는 계속되고, 잠들지 못한 아이의 뒤척임도 계속된다. 결혼하고 아이를 낳은 건 나인데, 왜 자꾸 못난 생각을 하는 걸까. 누군가를 탓하고만 싶은 걸까. 아니다. 날 미워하는 누군가 시간이 멈춰버린 이곳으로 입국시킨 게 분명하다.

세상에 아무도 없는 것 같은 밤, 나 혼자인 것만 같은 밤이 있다. 우주를 유영하는 우주인이 된 것 같은 마음으로 고립감에 휩싸인다. 아침부터 저녁까지 세 번의 밥상을 차리고, 치우고, 먹이고, 씻기고, 놀아주고, 재워주고 나면 손가락 하나 까딱하기 싫을 정도가 된다. 방전된 몸은 둘째 치고, 마음은 어떠한가. 아무리 열심히 해도 티도 나지 않는 일이 살림과 육아라던가. 마찬가지로 잘하면, 잘했다고 포상해 주는 이 하나 없는 일도 살림과 육아다. 말이 통하지 않는 아이들과 하루 종일 씨름을 하고 나면, 어른 사람과 말 한마디 하지 않고 지나가는 날도 있다. 모두들 대단한 일을 하며 바쁘게 살아가는데, 나 혼자 집 안에 고여 있는 것만 같이 느껴진다. 아무리 쌓아 올려도 쉽게 허물어지는 모래성 쌓기를 하고 있는 아이처럼.

그런 밤엔, 맥주 한 캔을 들고 베란다 창가로 간다. 잠든 아이들이 깨지 않도록 소리 없이 맥주 캔을 따고, 창 너머로 보이는 다른 아파트의 창문들을 바라본다. 어두운 허공을 조용히 비추는 불 켜진 창문들. 몇 개는 익숙하다.

왼쪽으로 보이는 아파트는 작은방의 창문들이 보인다. 빼곡히 들어찬 책장이 보이는 창문 하나는 익숙한 창문이다. 한밤중엔 늘 불이 켜져 있는데, 새벽 세 시쯤에 켜진 것도 여러 번 보았다. 아마도 공부를 열심히 하는 학생의 방일 것 같다. 새벽마다 우는 아기를 달래던 나날, 답답할 때마다 섰던 창가에 함께 있어 준 건 책장이 있는 창문이었다. 기다린 듯 있어 준 창문 덕분에 외롭지 않았다. 창문 속 책장을 바라보며 학생 시절 쓰던 작은방을 생각한다. 고등학생 때부터 직장인이 될 때까지 썼던 원목 책상과 책장이 있던 작은방을. 책상에 앉아 가졌던 불안과 답답했던 마음들, 그리고 잘 알지 못한 채 열심히만 했던 시간들을. 그때가 나을까, 지금이 나을까. 그때 나는 최선을 다했을까, 지금은 어떤가.

정면을 마주하고 보이는 아파트의 작은 창문은 부엌 창문이다. 보통은 보이는 것이 없고 단조로운데, 한 창문만은 위아래로 다채롭게 보인다. 창틀의 위쪽은 국자, 집게, 가위 등을 걸어놓은 듯 집기류의 끝부분이 조금 보이고, 아래쪽엔 화분 속 식물 잎사귀가 뾰족이 튀어나와 있다. 작은 창문 틈새지만 주부의 취향이 엿보인다. 그 부엌 창문을 볼 때면 엄마의 부엌 창문이 떠오른다. 엄마의 부엌 창문은 기찻길을 향해 나 있다. 요란스레 울려대는 기차 경적이 시끄러워도, 엄마는 한사코 부엌 창문을 열어 두셨다. 화분을 위해서였다. 나보다 더 오랜 시간 요리하며, 설거지하며 부엌 창가를 지켜오셨을 엄마. 엄마도 나처럼 이런 밤을 보내왔던 걸까. 그 밤, 어떤 마음으로 지내왔을까. 가족들이 돌아오기 몇 시간 전부터 반찬을 만들고 찌개를 끓이며 부엌 창가에서 보냈을 엄마 혼자만의 시간들에 대해 생각해 본다. 이제 와 그때의 시간을 말한들, 안아줄 수 있을까. 그때의 마음들을.

그런 밤, 모두가 잠들고 오롯이 나 혼자서 지키고 있는 것 같은 밤.

어느 날 갑자기 어른이 되었다며 등 떠밀리듯 오게 된, 이상하지만 아름답지 않다고는 할 수 없는 세계에, 시간에 갇힌 것 같은 밤.

먹먹한 마음을 갖고 바라보는 밤하늘 아래, 그래도 나 혼자만 있는 건 아니었다. 불 켜진 창문들을 보며 위로받는다. 혼자만의 입국은 아님을 그렇게나마 스스로 위안한다.

이상한 나라의 앨리스가 된 것 같은, 혹은 우주 속을 유영하는 우주인이 된 것 같은 느낌을 받을 때가 있다. 모두가 괜찮은데 나만 홀로 이상한 것 같은 날, 주위에 아무도 없이 나밖에 없는 것 같은 날. 고립감이 진하게 느껴지는 날이다. 그럴 땐 나와 비슷한 사람들을 보면서 위로받곤 한다. 나처럼 홀로 밤을 지키고 있는 불 켜진 창문들을 보면서, 아마도 어디선가 우는 아이를 달래며 한숨짓고 있을 또 다른 엄마를 생각하면서. 나의 존재 또한 고립된 누군가에게 위로가 되기를 바란다.

 **감정 일기 속 한 문장**

혼자가 아니에요. 고독한 엄마 여기에도 있어요. (손) 나처럼 고독한 사람이
어딘가에(여기) 늘 있다고 생각해 보세요.

Ⅲ

아이 덕분에
마주하게 되는
아름다운 감정

14. 놀라움

– 세상을 처음 보는 존재를 통해 바라본 세계

창 아래 떨어지는 햇살, 살짝 내린 창문 사이로 살랑이는 바람, 경쾌한 동요 소리, 한가로운 주말 드라이브였다. 자동차 계기판에 빨간색 에러 메시지가 나타나기 전까진. 빨간 글자들은 타이어에 문제가 있다고 말해주었고, 예정에 없던 타이어 가게로 향하게 했다.

타이어 가게는 거칠고 건조한 곳이었다. 작은 그늘 하나 없는 공터에 쏟아지는 초가을 햇볕은 눈을 뜨기 어렵게 만들었다. 회색빛 모래 자갈이 가득 깔린 공터는 자동차들이 계속 진입하는 바람에 주차장과 다를

바 없었다. 혹여 아이가 장난치거나 뛰어다닐까 하는 걱정에 공간 자체
가 주는 스트레스가 심했다. 아마도 윤이와 함께 오지 않았다면 다른 느
낌으로 다가왔을지도 모른다. 아이와 함께하면 승용차가 커다란 덤프트
럭처럼 느껴지고, 엔진 소리가 기차 경적처럼 들리곤 하니까.

다행히 가게엔 작은 휴게실이 있었다. 남편이 자동차를 맡기는 동안,
작은 사람과 걱정 많은 사람은 쫓기듯 그곳으로 들어갔다. 휴게실은 네
모난 검정 소파 네 개, 컴퓨터 두 대, TV와 정수기가 놓여 있었다. 앉은
지 꽤 된 것으로 보이는 소파엔 하얗게 먼지가 앉아 있었고, 이따금 아저
씨들이 들어와 커피를 타서는 휴게실 앞에서 담배를 피웠다. 결국 윤이
와 난 타이어 가게를 나왔다.

"산책하는 거야?"라며 좋아하는 윤이는 발걸음도 총총. 나도 총총. 가
게를 나와 거리를 조금 걷자, 작은 하천이 나왔다. 물이 깨끗해 보이진
않았지만, 버들, 강아지풀이 보송보송 자라 있고, 오리도 다섯 마리나 있
었다.

나 : 윤아, 오리가 몇 마리야?
윤 : 하나, 두울, 세에, 여더얼, 여서엇

나 : 아니, 셋 다음은 넷이지.

윤 : 아빠 오리, 엄마 오리, 애기 오리!

무엇이든 가족 단위로 만들곤 하는 윤이는 오리도 숫자로 세기보다는 가족 단위로 센다. 제일 큰 오리는 아빠 오리, 그 옆에는 엄마 오리, 작은 오리는 아기 오리. 수풀 속에서 부모로 보이는 오리들이 작은 오리들을 이끌고 나오는 것을 바라보며, 우리는 서로 다른 생각에 잠긴다. 오리들은 하천 속에 먹을 것이 있는지, 연신 잠수하며 무언가를 낚고 있었다. 윤이에게 오리의 생태에 대한 얘기를 해주지만, 그러거나 말거나, 윤이는 오리 가족 서열을 만들어 주는 데 여념이 없다.

오리에게 안녕을 고하고, 산책을 이어간다. 어느새 우리는 탐험대가 되어, 무언가 재미난 거리를 찾아 나섰다. 하천 옆으로 주택들이 이어져 있는 동네로, 골목길에는 소박하게 텃밭들이 가꿔져 있었다. 길옆에 무심히 피어 있는 작은 나팔꽃들이 여름의 막바지를 알려주고 있었다. 생명, 무생명 통틀어 무엇이든 그냥 지나치는 법 없는 윤 대장님. 나팔꽃에도 관심을 보이더니, 즉시 명령을 내린다.

"이고, 나팔꼬? 나 줘, 뿌우뿌우~ 불어볼래."

아주 작은 꽃으로 한 송이를 따주었다. 꽃이 마음에 들었는지, 대장님은 환한 웃음과 함께 나팔꽃을 입으로 가져갔다.

"뿌우뿌우~." 하며, 나팔 부는 흉내를 낸다. 그리고 좀 더 작은 꽃송이를 꺾어달라고 했다. 다시 꽃을 따서 주었다.

윤 : 아기야. 얘는 언니고.

나 : 하하하. 작은 꽃이 아기야?

윤 : 엄마, 이거 책상에다 노으까? 장식하자.

나 : 응, 그러자. 꽃이 예뻐?

윤 : 응! 너어어어무 기여워!!

작고 귀여운 아이가 작은 나팔꽃을 보고 아기라며 귀엽다고 한다. 한껏 몸을 움츠리며 귀여워 죽겠다는 듯 짓는 표정. 이런 건 언제 배웠을까. 귀여움과 귀여움의 만남이라니, 귀여움들이 덩어리가 되어 가슴팍에 파고든다. 안아줘, 안아줘.

윤이는 양손에 작은 꽃을 하나씩 들고 가을 햇볕보다 더 환한 웃음으로 길가를 뛰어갔다. 이제 우리는 꽥꽥 오리 세상에서 작고 귀여운 꽃의 세계로 들어왔다. 타이어 가게의 먼지와 기계 소음이 같은 세상에 존재하긴 하는 것인지 까맣게 잊어버린 채.

윤이와 함께하는 나날은 현실과 만화적 환상이 함께 공존하는 세계이다. 아이의 손이 이끄는 대로, 초대에 응하기만 하면 함께할 수 있다. 동물이 말을 하고, 꽃과 손을 잡고 춤을 출 수 있는 세계, 동심의 세계 속으로 걸어간다. 세상 모든 것이 새롭고 놀라움으로 가득한 아이들과 함께라면, 놀라움을 경험할 수 있다. 혼자라면, 그냥 스쳐 갔을 개천 변이 윤이와 함께하니, 생명의 신비로움을 느끼기에 충분한 공간이 되었다.

윤이는 매일 아침, 등원길에 바라보는 만물에 놀라움을 표현한다. 하늘을 바라보고, 구름의 움직임을 느낀다. 그 옆을 날아가는 까치의 재빠른 비행 솜씨도 바라보고, 까치의 움직임을 쫓는다. 눈앞에서 까치가 멀어지면, 작고 귀여운 참새를 보기도 한다. 길가에 피어 있는 작은 꽃에 눈길이 머물면, 한참을 쪼그리고 앉아 바라보며 말을 건다. 봄에는 꽃을, 여름에는 푸르른 수목을, 가을엔 단풍을, 겨울엔 눈을 가지고 논다. 윤이 덕분에, 계절의 오고 감을 더욱 진하게 느끼고 있다. 아이의 눈을 통해 바라본 세상은 매일 조금씩 달라지고 있고 움직이고 있다. 그 자체로 놀라움의 대상이다.

아이는 내게 놀라움을 알려준다. 자신의 성장으로 놀라움을 보여주고, 자신이 느끼는 놀라움을 표현하면서, 세상의 놀라움을 알려준다. 이제 별로 놀랄 것 없다, 생각했던 삼 십여 년 인생에서, 다시금 놀라움을 느끼는 요즘이다.

가끔은 내 나이가 부끄러울 만큼 세상을 새롭게 바라보게도 된다. 순수하고 맑은 눈빛으로 세상을 바라보는 아이 덕분이다. 괜히 몇 살은 더 어려진 듯 굴어보기도 한다. 놀라움이란 감정은 이렇듯 신선한 느낌을 준다.

 감정 일기 속 한 문장

아이의 시선을 잘 따라가 보세요. 아이의 시선으로 바라본 세계는 난생처음 본 것처럼 신선함을 줍니다.

15. 환희

– 함께 놀이하며 느끼는 즐거움

[실전편] 역할 놀이 상대해주기

아주 조금의 오차도 허용되지 않는 곳, 육아 세계에 오신 여러분을 환영합니다. 본편은 실전편으로, 이론 편을 먼저 읽어보신 후 읽기를 권장하나, 급하신 분들은 그냥 읽으셔도 무방합니다.

먼저, 다음의 질문들에 답해보십시오.

- 당신은 공중에 여러 개의 공을 던지면서도 몸은 완벽한 균형을 유지하며 그 공들을 받아낼 수 있나요?
- 당신은 학창 시절에 어떤 준비물이든 하나라도 빠뜨리지 않고 가방을 잘 쌌나요?
- 당신은 두 사람이 큰 소리로 떠들어대는 차 안에서 처음 가는 길을 내비게이션에만 의지해 운전하여 찾아가는 상황일 때, 뒷자리의 이들과 즐겁게 대화를 나눌 수 있나요?
- 당신은 요가의 시르사아사나(머리 서기) 동작을 잘할 수 있나요?

위 질문들에 자신 있게 답할 수 있는 분들은 아마도 이곳에서 무난하게 적응해 낼 수 있을 것입니다. 그렇다고 이 세계에 들어오는 데에 필수적인 요건은 아닙니다. 그저 새로운 세계를 만나는 데에 강력한 무기를 가지게 되는 것뿐이죠.

역할 놀이란 내가 아닌, 누군가의 역할을 흉내 내는 놀이를 말합니다. 일종의 연극이라고 볼 수 있죠. 어린 시절에 했던 엄마·아빠 놀이, 선생님 놀이, 경찰과 도둑 놀이 등이 모두 역할 놀이라고 할 수 있습니다. 역할 놀이는 주로 여자아이들이 좋아하는 놀이로, 말을 할 수 있는 3세만 되면, 사춘기 이전까지는 뭐, 쭉 이것만 할 정도로 즐겨하는 놀이입니다. 그러니 익혀두면 몇 년간은 잘 쓰이겠죠?

그럼, 지금부터 역할 놀이 상대하는 방법, 포인트만 짚어드리겠습니다.

첫째. 절대, 아이가 하고 싶어 하는 역할은 건드리지 않는다. 아이가 정해주는 역할에 따른다.

단순하지만 절대적인 대원칙이지요. 쉬울 것 같지만, 생각보다 어렵답니다. 역할을 하다 보면 욕심이 생기고, 내가 하고 싶은 것을 하고 싶어지거든요. 그때가 바로 위험한 때. 욕망은 내려놓고, 아이가 요구하는 역할과 그에 맞는 연기를 적절하게 하는 것이 중요합니다. 이것은 어디까지나 '아이의 역할' 놀이이니까요.

둘째. 멀티플레이어가 되어라.

이건 육아 세계에서 가장 당연하고도 중요한 능력 중 하나로, 이론

편을 읽어보신 분이라면 잘 알고 계실 것입니다. 아이와 역할 놀이를 할 때는 역할 놀이만 하진 않죠. 설거지나 요리, 청소 같은 집안일을 함께 해내야만 하지요. 운전 중이거나 산책 중일 수도 있고, 밥을 먹거나 커피를 마시고 있을 수도 있겠습니다. 언제 어느 때든 시작할 수 있는 것이 역할 놀이의 특성이니, 어쩌겠습니까. 여러분의 고통과 분노, 좌절, 제가 잘 이해합니다. 자, 그래도 화장실에 있을 때가 아닌 것을 다행으로 여기며, 정신을 바짝 차려봅니다. 여기서 중요한 것은 어느 쪽 한 가지도 놓치지 않으면서 대충, 중간 정도로만 해낼 수 있도록 힘의 안배를 적절히 하는 것입니다. 균형 감각이 좋으면 많이 도움이 됩니다. 평소에 외줄 타기나 요가 같은 운동을 해보는 것도 좋겠습니다. 아무튼 집중해서 두 가지 아니, 세 가지 일을 모두 다 놓지 않고 해야 합니다. 자칫 냄비 속 카레를 휘젓는 일에 집중하다 역할에 맞지 않는 대답을 해버리기라도 한다면, 냄비도 속도 다 타들어 갈 수도 있으니 말이죠.

셋째. 아이들은 다 알고 있으니, 진정성을 담아 연기하라.
멀티 플레이어가 되어 중간으로만 해내라고 해놓고, 진정성을 담으라니, 무슨 말인가 싶으시지요. 네, (아이들에게 보이는 면에서만) 진정성을 담아 연기하시면 됩니다. 역할에 내 영혼이 들어갔다 나오는 메소드 연기를 하시라는 말이 아니에요. 아이들이 보기에, '아, 이 연기는 진심이다. 진짜다.' 하고 느껴지면 됩니다. 그럼 어떻게 해야 그렇게 보이느냐고요. 무엇이든 크게 하세요. 눈을 크게 뜨고, 목소리도 크게 내보세요. 몸짓은 한껏 과장되게, 이상한 흉내를 내도 좋아요. 약간 역할에 어울리지 않아도 아이를 웃기면 다 용서됩니다.

그리고 마지막. 가장 중요한 팁 하나를 드리자면 여러 방법을 다 배워도 실제로 닥치면 눈물 나도록 어려운 게 역할 놀이랍니다. 위의 방법들을 도저히 실천할 체력이 없을 때, 도무지 하고 싶지 않은 마음일 때는 이렇게 하세요. 감탄사만 계속 말합니다. 하하하. 우와! 오~ 멋지다! 신기하다~ 예쁘다! 대단하다~ 등등 무궁무진합니다! (상황에만 맞게 하면 됩니다.)

그럼, 여러분의 건투를 빕니다. 맥주 들고 파이팅!

위의 글을 쓴 것은 둘째 아이가 태어나기 전의 일이다. 첫째 아이는 유난스러울 만큼 역할 놀이를 좋아했다. 아이가 아침에 눈을 뜨면 역할 놀이가 시작됐다. 아침부터 시작된 역할 놀이는 어린이집에 가기 직전까지 이어지고, 어린이집에 데리러 가면 다시 시작되어 자기 전까지 했다. 아이에겐 일상과 역할 놀이의 구분이 없어 보였다. 창의력이 뛰어난 아이는 놀이를 하는 동안에도 매 순간마다 놀라운 말들을 쏟아냈고, 그런 아이와 함께하는 시간이 나 역시 즐거웠다. 지겨울 만도 했지만, 아이의 새로운 말을 듣기 위해, 반짝이는 창의성을 보기 위해 역할 놀이를 잘도 받아주었다.

어느 순간부터는 역할 놀이에 심취하기 시작했다. 아이와 함께 놀다 보면, 나도 아이처럼 되어갔다. 아이가 되는 순간은 그 무엇도 얽매이는 것 없이 자유로울 수 있었다. 천진난만하고 해맑아졌다. 그리고 내 아이와 편안한 친구가 될 수 있었다. 몇 십 년의 시간을 거슬러, 아이와 친구가 되는 경험은 가슴 뭉클하게 했다. 난생처음 자식이 아닌, 평생의 친구를 만들었다고 생각했다.

가슴속에서 커다란 무언가가 차오르는 것을 느낄 수 있었다. 눈부시게 밝고 따뜻한 태양으로 가득찬 것 같은 느낌, 환희였다. 아이에게서 느낀

환희로 인해, 육아의 고된 시간들을 건널 수 있었다고 고백한다. 아이와의 놀이 상대 역할에 푹 빠질 것을 권장하는 이유다.

 감정 일기 속 한 문장

아이와 놀아줄 때는 정말 함께 아이가 되어서 놀아보세요(창피함을 무릅쓰고). 지루했던 놀이 시간이 다르게 느껴질 거예요.

16. 공유감

– 아이와의 동료애 혹은 우정

방학 동안 할머니 집에 있으면서, 우리가 몰두한 것은 한 가지였다. 그림책 만들기.

그림 그리기와 만들기를 좋아하는 윤은 아침에 눈 뜨자마자 그림부터 그리는 아이다. 종이와 색연필밖에 없는 할머니 댁에서 윤이가 할 일이라고는 그리는 일밖에 없었을 것이다.

아침 식사를 준비하고 있는데, 식탁에 앉아 한참을 골몰해 있던 아이가 환하게 웃으며 내게 무언가를 보여주었다.

"엄마, 내가 책 만들었다~."

그것은 아코디언처럼 앞뒤로 번갈아 접혀 있는 종이였지만, 분명 책이었다. 맨 앞장에 '작가 김윤'이라고 쓰여 있었으니까.

어느새 작가라는 단어가 이렇게 자연스럽게 아이에게 붙게 된 걸까.

사실, 아이가 책을 좋아했으면 좋겠다는 바람은 있었다. 아이의 돌 무렵, 형님이 사주신 동화 전집이 계기가 되어, 아이에게 책을 자주 읽어주었고, 아이 역시 책 읽는 것을 좋아했다. 아이가 좋아하니 더 신이 나서 책을 사다 주었다. 아이는 언제 어디서나 책을 읽었다. 친구 집에 놀러 가거나 키즈카페에 가면, 놀다가도 책이 있는 공간으로 찾아가서 책을 읽었다. 윤이가 유치원에 들어가고 책 읽기는 잠시 시들해지는 듯했다. 친구들과 바깥에서 뛰어노는 것을 더 좋아하게 되면서, 책은 하루에 한 권 읽기도 힘들어졌다. 유치원에서 읽었던 책의 제목과 지은이의 이름을 적어 오는 동화통장을 시작하면서, 책 피하기는 심해졌다. 아직 글씨 쓰기가 서툰 아이가 매일 글씨를 써야 하는 일이 루틴이 되자, 스트레스가 되었던 모양이었다. 아이는 읽은 책을 동화통장에 쓰기 싫다는 이유로, 책 읽기를 거부했다. 그리고 6살이 되어 한글을 뗄 무렵부터, 다시 자연스럽게 책과 가까워지기 시작했다. 그즈음 아이는 '지은이'에 대해 관심을 두게 되었다. 늘 동화통장에 쓰곤 하는 지은이의 존재에 처음으로 주의를 기울이게 된 것이다. 처음에 아이는 지은이가 글씨를 쓴 사람이라고 생각하는 듯했다. 글씨를 쓰는 것과 글을 쓰는 것이 어떻게 다른 것인지 이해하지 못했다. 윤에게 지은이는 책의 내용, 이야기를 쓴 사람이라고 알려주던 날이 기억난다. 아이는 뭔가를 깨달았다는 듯이 눈을 반짝이며, "아~ 엄마가 책 쓴 것처럼! 엄마도 지은이네?"라고 말했다. 아이가 지은이, 작가의 존재를 각인하게 된 것은 당시, 독립출판으로 첫 책을 냈던 상황과도 맞물렸던 것 같다. 집에는 인쇄소에서 들어온 책들이 쌓여 있었고, 아이가 보는 앞에서 책을 포장하여 책방으로 택배를 보내곤 했다. 아이는 엄마가 책을 쓰고, 만들고, 파는 과정을 지켜볼 수밖에 없었다. 아마도 윤의 작가에 대한 관심은 자연스럽게 커졌을 것이다.

그리고 2021년과 2022년 독립출판 북 페어에 두 번 다녀올 수 있었다. 두 번 다 아이들을 데리고 온 가족이 다녀왔는데, 그때만 해도 둘째가 어려서 아기 띠를 한 채로 다녔다. 남편이 잠깐 둘째를 봐주는 사이, 윤을 데리고 행사장 내부를 둘러보았다. 책을 낸 이후 다녀온 북 페어는 나도 참가해 보고 싶다는 생각을 갖게 했고, 그건 윤에게도 투영된 모양이었다.

"윤아, 우리도 이런 곳에 와서 책 만든 것 팔아볼까? 윤이도 할 수 있어." 실은 내 자신에게 한 말일지도 몰랐다.

행사장을 둘러보며, 귀여운 일러스트로 가득한 작은 책들을 만난 윤은 역시 한껏 고양되었다.

"응, 그래. 엄마, 우리도 책 만들어서 팔아보자. 내가 그림 그릴 테니까, 엄마가 책으로 만들어서 잘 팔아봐."

그리고 그 후, 실제로 인천에서 열리는 북 페어에 참가했다. 독립출판으로 만든 첫 책과 윤의 그림으로 만든 엽서를 들고 참가했다. 거리도 멀고 일정이 빡빡해서, 윤은 함께 가지는 못했지만, 부스 로고를 그림으로 그려주었다.

"엄마, 내 그림 팔리면 그림값 나 줘야 해." 자기 몫을 분명히 챙기는 것도 잊지 않았다.

윤은 요즘 자기 책 만들기에 푹 빠져 있다. 나름의 글도 곁들이며 꽤 그럴듯하게 책을 만든다. 그리고 마지막엔 '글 김윤' 혹은 '작가 김윤' 이렇게 마무리한다. 틈날 때마다 글을 쓰고 있는 엄마의 일이 작가라는 것도 어렴풋이 알고 있다. 일이라기보다는 그저 좋아하는 취미 정도로 알고 있는 것 같긴 하지만.

그녀의 관심사가 나로부터 비롯된 것인지 아니면, 본래 갖고 있는 성향인지 확실치 않지만, 책을 좋아한다는 공통점은 딸과 나를 묶어준다. 공통점으로 인해 자식이지만, 동료 같은 때로는 친구 같은 느낌을 갖게 해준다. 같은 것을 공유한다는 감정은 내 것을 좋아하는 마음을 더욱 충만하게 해준다. 함께 나누는 즐거움도 가져다준다. 내가 그것을 좋아해도 괜찮다는 인정을 받게 해주고, 안정감을 준다.

딸과 나는 어디를 여행 가든, 새로운 동네에서 발견하는 작은 책방을 찾아가기를 즐긴다. 책들로 꽉 찬 그 공간에서 내게 맞는 책을 찾아가는 즐거움을 우리는 공유한다. 작고 소중한 문구류를 쇼핑하는 행복도 함께 느낀다.

내가 낳은 작은 아이가 이렇게 커서, 내 곁에 서서 함께 같은 것을 즐긴다는 느낌. 우리는 엄마와 딸에서 좀 더 다른 관계로 나아가는 것 같다. 무어라 설명할 수 있을까. 30년의 세월을 넘어, 세대를 지나, 무엇에도 가르는 것 없이 공유하는 느낌이다.

 감정 일기 속 한 문장

아이와 무엇이든 함께 할 수 있는 것을 해보세요. 서로가 좋아하는 것으로요. 아이와의 특별한 교감을 느낄 수 있어요.

17. 깨달음

– 아이에게 배우는 것들

남편과 자주 하는 공상이 있다. '나중에 우리 할머니, 할아버지가 돼
면…'으로 시작하는 이야기다. 안타깝지만, 뒤에 이어지는 내용은 서로
다르다. 조기 은퇴와 함께 산이나 바다에서 살고 싶은 남편과 달리, 나는
나이가 들어서도 도시에 살면서 내가 할 수 있는 일을 꾸준히 하고 싶다.
함께 행복한 미래를 꿈꾸려 하지만, 서로의 다름만 확인하곤 하는 우리
다. 그러나 이야기의 결말은 윤이의 아이를 돌봐주고 싶다는 소망을 함
께 이야기하며 마무리된다. 정작, 아이 낳는 걸 무서워하는 윤이는 시큰
둥하다.

아이들의 등원을 남편과 함께한다. 남편은 첫째 윤이의 등원을, 나는 둘째 한이의 등원을 맡고 있다. 이따금 동시에 두 아이를 등원시킬 때도 있는데, 그때마다 우리가 즐겨 보는 장면이 있다. 이른 아침, 아이들의 등원을 돕는 할머니와 할아버지의 모습이다. 맞벌이 부모를 둔 아이들은 대부분 할머니, 할아버지와 함께 등원하게 된다. 요즘은 엄마보다 할머니와 등원하는 비율이 더 높기도 하다. 우리가 등원길에 자주 만나는 한 부부는 깨끗한 검은색 세단을 타고 아이를 등원시켜주시는 할머니, 할아버지다. 조심스럽게 운전하시는 할아버지의 차에서 씩씩한 할머니와 아이가 내린다. 인사를 잘하시는 씩씩한 할머니는 아이에게도 인사를 잘 가르치신다. 할머니를 만난 날은 아침부터 밝은 기운을 전달받는 느낌이다. 아이를 어린이집에 등원시킨 후, 할머니와 할아버지는 나란히 차로 돌아가는 길에 도란도란 말씀도 나누신다. 조용히 둘만의 이야기를 나누며 함께 돌아가시는 모습은 나와 남편의 눈 속에 고스란히 남았다.

남편과 나는 둘 다 예민하고 감정적이어서 자주 싸운다. 자주 싸운 만큼 화해도 자주 한다. 안 싸우면 더 좋겠지만.

지난 일요일엔 아침부터 싸웠다. 원인은 아이들이 밥을 잘 먹지 않아서였다. 남편은 아이들이 밥을 먹지 않으면, 다음 끼니를 먹을 때까지 간식을 주지 말라고 했다. 밥을 먹지 않는 아이들에게 빵을 주고 있던 내게 소리치듯 한 말이었다. "그게 말이 쉽지, 실제로는 하기 힘들어." 나 역시 뾰족해진 목소리로 몰아붙이듯 말했다. 모두 아이들 앞에서였다. 별것 아닌 일로 시작된 싸움은 그칠 기미가 없었다. 우리를 혼내듯 다그친 윤이의 말이 나오기 전까지는.

"왜 이렇게 다들 싸워. 주말 아침부터."

아이들 잘 먹이자고 시작한 말다툼이 아이들을 공포에 몰아넣고야 말았다. 부부싸움은 이렇듯 의미도 없이, 목표한 바를 이뤄내지도 못하고 끝이 난다. 싸늘한 오전이 지나고, 그럭저럭 하루가 지나가는 듯했다. 긴 하루의 끝에 아기를 재워놓고, 저녁밥 준비를 시작했다. 윤이는 조용히 식탁에 앉아 그림을 그리고 있었다. 한참 후,

"엄마, 내가 그린 그림 봐볼래?"

"응. 와!! 진짜 잘 그렸다!"

"이렇게 엄마 깜짝 놀래줄려고 그린 거야. 근데 열심히 안 그렸어."

"그래? 그래도 이렇게 잘 그렸는데?"

"열심히 안 해서 잘 그려진 거야. 즐겁게 즐기면서 그려서 잘 그려졌어. 그림은 그렇게 하는 거야. 크리스마스 그림에 검은색을 써도 돼. 그런 것처럼, 하고 싶은 대로 하는 거야. 그림을 그리는 건."

"와, 맞아. 그렇지. 즐겁게 하는 게 중요하지."

"응, 엄마도 그렇게 좀 해봐, 즐겁게. 엄마는 언제가 즐거워? 여기 앉아봐, 그림 그리는 방법부터 알려줄게."

윤이의 선문답 같은 말에 할 말이 없어졌다. 인생이란 그림을 그리듯 즐기면서 사는 거야, 라고 말하는 듯한, 아이의 이야기에 오늘 있었던 일들이 떠올랐다. 아이들 아침밥 잘 안 먹는 게 뭐 그렇게 큰일이라고, 아이들 앞에서 화를 냈을까. 아이들에겐 물리적 배부름보다 정서적인 배부름이 더 필요하지 않았을까. 아침에 밥을 먹이든, 빵을 먹이든, 아무것도 먹지 못하든, 그게 대수일까. 최소한 엄마와 아빠가 싸우는 모습을 보이진 않았어야 했다.

"크리스마스라고 꼭 빨강, 초록만 쓰는 법이 어디 있어. 검은색을 좀 쓰면 어때? 검은색은 행운의 색이라고."

식탁에 마주 앉은 내게 윤이가 다그치듯 일러준다. 지금 내게 주어진 상황을 긍정적으로 바라보라 한다. 당당하고 자신감 넘치는 모습은 윤이가 그린 그림에서 그대로 보여준다. 빨강과 초록으로 색칠한 꽃 위로 쏟아지는 무지개, 그리고 거침없이 한편에 칠해진 검은색 구름. 내가 배워야 할 인생의 태도다. 언제쯤 인생에 여유를 갖게 될까.

이런 생각을 하면, 역시 할머니가 된 모습을 상상하게 된다. 정원이 보이는 창가에 앉아, 책을 읽거나 뭔가를 만들며, 아이들을 바라보고 있는 편안한 웃음을 가진 그런 할머니. 할머니쯤 되면, 삶에 대한 욕심과 집착을 내려놓을 수 있을까? 그저 현재에 머물면서, 시간을 즐기며 살 수 있을까? 할머니가 되면 둥글어질까?

나와 남편이 할머니, 할아버지가 되었을 때는 서로를 더 이해하고 양보하며 지낼 수 있을지도 모른다. 우리가 할머니, 할아버지가 되어서 하고 싶은 것은 함께 손주를 돌보는 것만이 아니라, 할머니, 할아버지의 둥그런 면모를 닮고 싶음은 아닐까.

아이를 통해 깨닫는다. 아이는 늘 생각지 못한 지점을 알려준다. 엄마로 살면서 늘 느끼는 건, 알려주고 가르쳐주는 일은 엄마만이 아니라, 오히려 아이라는 것이다. 세상에 대한 편견과 고정 관념이 없는 아이를 통해 오늘도 깨달음을 얻는다.

 **감정 일기 속 한 문장**

직관적이고 순수한 아이의 말엔 힘이 있어요. 아이의 말이라고 치부하지 말

고, 귀 기울여 들어보세요.

18. 행복

– 아이가 내게 보여주는 사랑

깊은 밤, 잠든 걸까. 곱게 눈을 감은 너의 옆에서 머리칼로 뒤덮인 네 이마를 쓸어본다. 손바닥으로 한 번만 쓸어도 다 감싸일 만큼 작은 네 얼굴을, 혹여 살결이 닳을까 싶어 손바닥의 끝부분으로만 살짝 스친다. 작게 내쉬는 날숨을 들으며 안심하기도 한다. 아기 때부터 습관처럼 해오던 버릇. 이제는 밤에 깊이 잠들어도 무슨 일이 벌어지지 않을 만큼 컸다는 것을 알지만, 여전히 곤히 잠든 너를 보면서 숨은 잘 쉬고 있는지 확인을 하곤 한다.

언제 이렇게 큰 걸까.

제법 탄탄해진 허벅지와 길어진 종아리를 바라보는 일이 새삼스럽다. 양팔 안에 들어오던 아기 시절의 너는 이제 없구나. 괜히 팔을 들어 그 시절의 너를 가늠해 본다. 잡을 수 없는 시간에 대한 아쉬움은 너를 볼 때마다 드는 바보 같은 생각 중 하나. 더 이상 볼 수도, 들을 수도, 만질 수도 없는 작은 아기 시절의 너. 지금의 네 모습도 마찬가지로 지금뿐이겠지. 모든 것은 시간 속에 점차 사라져간다. 이런 마음이 들 때마다 자꾸만 휴대폰 사진으로, 펜으로 널 기록하려 한다. 이렇게나마 조금이라도 너의 찰나를 붙잡고 싶어서인가 봐.

네 모습을 하나하나 바라보다, 여전히 작은 발에 시선이 머문다. 유난히도 손발이 작은 넌, 손발만은 아직도 통통하고 동그란 아기의 모습이야. 작은 발가락을 손으로 겨우 잡고 발톱을 깎아주던 오늘 저녁이 떠오른다. 너는 발톱을 깎아줄 때마다 아기 발톱 흉내를 내곤 했지. "잉잉, 머리 좀 살살 잘라주세요. 잉잉. 응애응애."

언제까지 너의 손톱, 발톱을 깎아줄 수 있을까. 언제까지 엄마에게 그 일을 맡겨줄까. 매번 들곤 하는 생각이야. 정작 손톱, 발톱 깎기가 싫어 안간힘을 쓰며 품에서 벗어나려는 너에겐 엄포 놓듯, "엄마가 이렇게 다

깎아줄 때가 좋은 거야. 나중엔 윤이가 깎아야 해~."라고 했지만 말이야. 그때가 오는 것이 더 두려운 사람은 바로 나일 거야.

"엄마, 행복은 어디에서 찾아오는 걸까요?"

어르고 달래가며 손톱, 발톱을 다 깎은 후 보상으로 네일 스티커를 붙여주었을 때 네가 한 말이야. 이 사랑스러운 문장을 행복에 가득 찬 눈망울을 하고 말해주었지. 그때 엄마는 행복을 느꼈단다. 너의 눈에서, 문장 속에서, 내 손안의 네 발톱에서. 너의 작은 발톱에 스티커를 붙이던 때, 그 순간의 간지러운 기분이 바로 행복이라는 것을 알아차렸다.

행복을 느끼고 있는 그 순간에 지금의 감정이 행복이란 것을 알고, 마음껏 그 감정을 누릴 수 있게 해준 건 네가 처음이야. 모든 감정을 그때마다 벽 없이 있는 그대로 표현해 주는 네 덕에, 나는 지금의 감정을 오롯이 느끼는 법을 배울 수 있었어. 모든 감정은 함께함으로써, 상대와 나눔으로써 더욱 커지고 깊어질 수 있다는 것도 너를 통해 배웠다. 결국 사랑이란 단지 로맨스가 아닌, 사람 간의 마음 나누기라는 것을.

언젠가 부모가 자식을 사랑하는 마음보다, 자식이 부모를 사랑하는 마음이 더 크다는 말을 들었어. 그건 정말이야. 이렇게 작은 네가 나보다 더 큰 마음으로 품어주는 것을 느낄 때, 난 모든 살아 있는 것들과 또 사람들이 만들어 낸 모든 것들에 깃든 경이로운 느낌을 받는다. 고마워.

엄마의 행복은 이렇듯 사소한 곳에 널려 있다. 잔디밭을 가득 채운 푸르른 세 잎 클로버처럼, 일상 속에서 스치듯 쉽게 만날 수 있다. 그러나 내게 행복은 맞이하는 데에도 연습이 필요했다. 행복을 어려운 무언가로 생각하며, 지나간 어제를, 지나가고 있는 오늘을 아쉬워하며 붙들고 있기만 했다.

보이지 않는 어둠 속에서는 주변의 사물이 보일 때까지 눈이 적응이 필요한 것처럼, 마음에도 시간이 필요했는지도 모른다. 지금의 기쁨을, 일상의 행복을 누리는 것에 익숙해지도록 내 눈을, 내 몸을 적응시키겠다. 스치듯 만나는 행복을 주워 담을 수 있는 바구니를 들고서.

 감정 일기 속 한 문장

아이를 품에 안고 따스해지는 감정을 온전히 느껴보세요.

19. 공감

- 아이를 통해 커지는 마음의 귀

가진 해변에 눈이 내린다. 눈 내리는 바다가 보고 싶어 아침부터 찾았는데, 거센 바람에 날려 내리는 게 눈인지 비인지 알 수 없었다. 바다 입장에서는 눈이든 비든 비슷하려나. 쉴 새 없이 몰려드는 파도는 마치 바다가 화를 내는 것만 같다. 사나운 모습을 보여주려는 듯 파도는 검은 바위에 거칠게 부딪히며 무섭도록 하얗게 사라져간다.

지난밤의 일이 떠올랐다. 잠들기 아쉬워하는 아이를 달래가며 늦은 잠을 청하고 있었다. 재우려던 아이보다 먼저 잠이 들었는데, 꿈결처럼 누군가가 나를 부르는 소리가 들렸다. 눈을 떠 보니 윤이었다.

"엄마, 나 나중에 어른 되면 아빠랑 결혼할 수 있어?"

질문에 답하기엔 너무 늦은 시간이었다. 아니 너무 무방비 상태였다. 아마도 내 머릿속은 실오라기 하나 걸치지 않은 상태일 테니까. 습관적인 대꾸를 하는 중에도 의식은 여전히 잠 속에 있었다.

"음? 응… 아, 아니. 아빠는 엄마랑 결혼했잖아. 벌써 결혼한 사람은 또 결혼 못 하는데?"

"그럼 어떻게 해야 돼?"

"음… 윤이가 아빠랑 결혼하려면 아빠랑 엄마가 이혼해야 해. 그래야 윤이가 아빠랑 결혼할 수 있어."

잠이 확 달아났다. 내가 지금 뭐라고 한 거지, 다섯 살 아이에게 이혼이란 단어가 주는 생경함에 나 자신이 낯설게 느껴졌다. 잠을 깨고 바라보니 어둠 속에서도 윤이의 두 눈에 눈물이 가득 찬 것을 볼 수 있었다.

아뿔싸.

돌아온 의식과 함께 상황은 역전되었다. 나도 모르게 기대고 있던 어린 친구는 친구이기 이전에 나의 아이였다. 이젠 엄마로 돌아갈 시간이었다. 실수했을지라도 수습은 잘 해야 했다. 윤이를 품에 안고 등을 토닥여주며 얘기했다.

"아냐, 아냐. 윤이 아빠랑 결혼할 수 있어. 나중에 커서 어른 되면 엄마가 예쁜 드레스 사줄게. 아빠랑 결혼식 할 때 예쁘게 입자."

"응. 나 드레스는 리본 달린 게 좋아. 그걸로 사줘."

어젯밤 일이 계속 마음에 남는 건 처음 있는 일이 아니기 때문이다. 일주일쯤 전에도 같은 일이 있었다. 그날은 아침에 유치원 등원을 준비하던 중이었다. 마찬가지로 준비되지 않은 때. 두 사람의 아침밥을 챙기고 시계를 보며 시간을 체크하고 있는데, 윤이가 물어왔다.

"엄마, 엄마는 나이가 들면 어떻게 돼요?"

"응. 할머니 되지."

"그럼, 할머니 다음에는요. 죽어요? 죽어요?"

"윤아, 사람은 누구나 나이 들면 나중에는 죽는 거야."

왜 그렇게 대답했는지 모르겠다. 당시엔 이제는 죽음도 이해할 나이이니, 사실대로 얘기해줘야 할 것으로 생각했다. 아직 다섯 살인데 말이다.

나름의 대화를 마무리 지었다고 생각하고 서둘러 양치시키기 위해 화장실에 들어갔다. 등원까지 시간이 얼마 남지 않은 때여서 마음이 조급했다. 치약을 올린 칫솔을 들고나왔을 때, 마주한 윤이는 좀 전의 그 자리에서 눈물을 잔뜩 머금은 채 앉아 있었다. 아차 싶었다.

"엄마… 사람은 안 죽는 줄 알았어요…." 울기 직전의 목소리였다.

죽음이란 큰 주제를 이렇게 가볍게 설명하고 넘어가서는 안 되는 거였는데, 아무리 바쁜 아침이라도 그렇지. 당황하고 있는 와중에 남편이 나타나 상황을 수습해 주었다. 에이그, 애한테 벌써 죽는 얘기를 하면 어떡하냐는 눈빛이었다. 사람은 나이 들면 그냥 죽는 게 아니라 하늘나라로 간다고 조곤조곤 얘기해주었다. 윤이도 가라앉았다.

오후엔 하늘이 점차 개더니 눈도 그쳤다. 다시 찾은 바닷가는 아침과는 다른 바다 같았다. 구름이 완만하게 자리한 하늘에서 노란 햇빛이 내려 와 바다를 비췄다. 파도가 잠잠한 수면은 햇볕에 반짝거리고 갈매기 두 마리가 동그랗게 돌며 사이좋게 날았다. 가만히 구름 흘러가는 모양을 바라보고 있자니, 모든 것이 제자리로 돌아온 기분이 들었다.

내가 다섯 살이던 때엔 어땠을까. 나도 그때는 나중에 크면 아빠랑 결혼할 거라고 생각하고 죽음에 대해서는 생각조차 하지 않은 채 살았겠지. 아이에겐 산타 할아버지의 존재 외에도 지켜줘야 할 아이만의 세계가 있다. 그리고 이 간단한 사실을 자주 잊어버린다.

변명하자면, 이 아이가 내게 너무 다정한 탓이다. 내 말투를 빼닮은 아이가 이야기에 귀 기울여주고 공감하며 맞장구까지 쳐주니, 그만 기대하고 만다. 나의 또 다른 분신처럼 여기고 만다. 그러니 종종 이 아이의 나이를 잊을 수밖에. 내가 만들어 낸 친구처럼 여기고 있었던 걸까.

상대에 대한 기대와 편견은 상대방을 있는 그대로 바라보기 어렵게 한다. 이해가 빠르고 공감을 잘하는 윤에게서 어른 친구에게 기대하는 것들을 하고 있었는지도 모른다. 내가 보고 싶은 부분만을 바라보며, 내가 원하는 이미지를 만들어 갔는지도 모른다.

윤이는 다섯 살, 엄마와의 카페 데이트보다는 친구들과 키즈카페에서 뛰어놀기를 좋아하는 아이이다. 때로는 친구 같은 모습으로 역전되기도 하겠지만, 그래도 아이임은 여전하다. 그리고 아이로서의 세계를 존중하기 위해 내게는 섬세한 감성이 필요하다.

아이가 자라면서 보다 깊은 대화를 나누기 위해서는 아이에 대해서도 많은 이해가 필요했다. 엄마라는 이유로, 어쩌면 아이에게 내 생각과 관점만을 강요하지는 않았는지 돌이켜본다. 우리 아이에게도 내가 모르는 커다란 우주가 있을지도 모르는 일인데, 쉽게 간과하진 않았을까.

 감정 일기 속 한 문장

아이의 특성을 이해하는 것도 필요해요. 김소영의 『어린이라는 세계』를 읽고 어린이에 대해 이해하는 데 많은 도움이 되었어요.

20. 신뢰

– 살 맞대고 일상을 나누며 알게 되는 것

어두운 밤, 감은 눈두덩이에 따뜻하고 보드라운 살결이 닿았다. 내려 앉은 속눈썹 사이를 지나 볼 가운데를 둥글게 그으면서 느껴지는 작고 여린 손톱이 윤이 손이라는 것을 말해주었다. 눈을 뜨지는 않아도 알 수 있었다. 엄마가 곁에 있는지 확인하려는 아이의 손짓이라는 걸.

아이는 만 6개월부터 36개월까지가 애착 형성 시기로, 엄마와의 유대 관계를 통해 세상과 관계 맺는 방법을 배우게 된다. 이 시기의 아기들은 엄마가 곁에 있는지를 끊임없이 확인하곤 한다. 윤이 역시 끈질긴 확인

시기를 지나왔고, 이제는 엄마가 눈에 보이는 곳에 없어도 엄마가 존재한다는 것을 확신할 수 있는 나이가 되었다. 그럼에도 여전히 윤이는 엄마의 존재를 확인하려 든다. 곁에 있는지를, 자신을 좋아하는지를.

윤이만의 이야기일까. 나 역시 어린 시절 잠들기 전에는 꼭 엄마 손을 잡곤 했던 기억이 있다. 그리고 지금은 남편으로 대체됐다. 한 사람이라도 예전과 같은 모습으로 내 곁에 있어 준다는 확신이 있다면, 널뛰던 마음은 안정을 찾을 수 있다. 그래서일까, 자꾸만 시험해 보는 습관이 생겼다. 내 옆의 사람이 예전의 그 모습인지를.

얼마 전, 신용등급제가 폐지되고 점수제가 도입되었다. 사실 10단계로 나뉘던 것이 0점에서 1000점까지의 점수 환산으로 바뀌었을 뿐, 여전한 등급제다. 신용이란 내 돈을 빌려줄 상대가 믿을 만한지를 확인하기 위해 필요한 객관적인 지표라고 할 수 있다. 고대 이집트 문헌에서도 신용에 대한 기록이 남아 있다고 하는데, 타인에 대한 믿음을 고민해 온 건 그 옛날에도 마찬가지였나 보다. 새해를 맞아 정밀하게 바뀐 신용점수처럼, 사람 간의 신뢰 또한 정확하게 계량화하는 방법을 찾을 수 있을까?

"나와 결혼해 주겠니? 내 모든 통장의 잔액을 공개할게. 너도 공개해

줄 수 있을까?"

　나와 앞으로 남은 평생을 함께할지도 모를 사람을 선택할 때, 대체 무엇을 근거로 그 사람을 믿고 받아들일 수 있을까. 설마, 투명한 통장 잔액 공개가 우선이 되어야 하는 건 아니겠지. 실제로 결혼을 준비하는 중에 혹은, 결혼한 후에 예전부터 숨겨온 부채가 탄로 나면서 파혼, 이혼에 이르는 경우가 주변에 있기도 하다. 그렇지만.

　꼭 경제적 이유가 아니라도, 믿었던 사람과의 신뢰가 깨졌다고 느껴지게 되는 순간은 분명히 존재한다. 그럴 때는 그 사람의 무엇을 붙잡고 다시 예전과 같은 눈빛으로 서로를 바라볼 수 있을까.

　백수린 작가의 『여름의 빌라』에는 독일인 베레나 부부가 한국인 주아 부부를 휴가지로 초대하며, 함께한 여행 이야기가 실려 있다. 소설은 여행이 끝난 후 베레나와 주아가 주고받은 편지로 마무리되는데, 두 사람의 편지글 중 인상 깊은 구절이 있다.

　긴 세월의 폭력 탓에 무너져 내린 사원의 잔해 위로 거대한 뿌리를 내린 채 수백 년 동안 자라고 있다는 나무. 그 나무를 보면서 나는 결국 세계를 지속하게 하는 것은 폭력과 증오가 아니라 삶에 가까운 것일지도 모른다는 생각을 하게 되었 단다.

_베레나의 편지 중

내가 망설이던 사이, 캄보디아 소년 앞에 섰던 레오니는 잠시 고민을 하더니 자 신의 발로 레오니와 소년 사이에 그어진 선을 지우는 게 아니겠어요? 레오니는 돌맹이 끝으로 소년의 뒤쪽에 새로운 선을 다시 그었습니다. 그러고는 "집에 새 친구가 왔으니 원숭이님이 더 좋아하겠지?" 하고 나에게 말을 했어요.

_답신을 한 주아의 편지 중

소설 속 노년의 베레나와 젊은 주아가 생각한 인생은 다른 듯 비슷했 다. 그리고 두 사람의 편지는 서로에게뿐만 아니라, 내게도 작은 실마리 를 던져주었다.

어쩌면 관계에서 신뢰의 문제는 골몰한다고 정답이 얻어지는 건 아닌 것 같다. 형이상학적 고민보다는 가까운 생활 속의 손에 잡히는 것들에 서 얻어질지도 모르겠다. 아이들이 마음을 열고 새로운 친구를 받아들이 는 모습처럼, 단순한 것들 속에서. 그렇다고 내가 아이처럼 될 수는 없는 노릇이다. 노력해 본들 난 이미 너무 많은 것을 알고 있고, 편견과 고정 관념이 묻은 마음인걸. 그러니 폐허 속에서도 삶을 살아가는 고목처럼, 내게도 햇살이 비출 것을 믿어 의심치 않고, 매일을 부지런히 생활해 나가는 수밖에 없겠다. 다가오는 모든 것을 한정 없이 받아들이는 마음으로. 내가 정한 사람의 모든 것을 받아들일 수 있다는 용기로.

신뢰가 사랑보다 더 어려운 시대이다. 이런 시대, 엄마에게 무한 신뢰를 바탕으로, 애정을 퍼다 주는 아이들이 있으니 얼마나 다행인지. 자신을 증명하려 노력할 필요도, 한껏 꾸미거나 부풀릴 필요도 없다. 엄마를 있는 그대로 받아들이고, 엄마가 펼치는 미래를 믿고 따르는 아이들이다.

엄마의 신뢰는 매일의 작은 약속들을 지키는 것으로 견고히 다져간다. 아이가 부를 때 대답해 주는 것으로, 넘어졌을 때 옆에서 손잡아 주는 것으로, 친구들과 다퉜을 때 위로해 주는 것으로. 늘 곁에는 엄마가 지켜줄 것이라는 굳은 믿음은 아이들의 마음을 더욱 단단하게 만들어 준다. 서로의 존재를 믿고 받아들이는 마음으로, 우리 가정의 신뢰는 견고해질 수 있었다.

감정 일기 속 한 문장

때로는 아이들처럼 있는 그대로 받아들여 봐요.

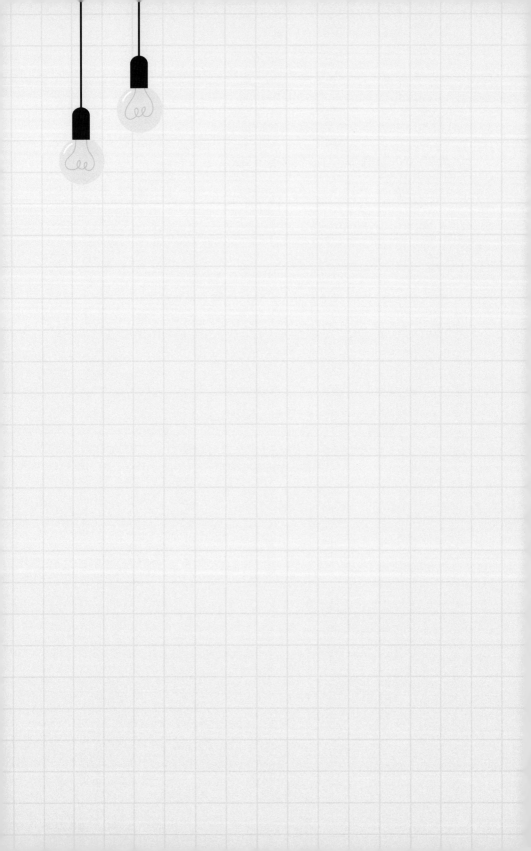

IV

때로는 세계가
흔들리는 듯한,
강렬한 감정

21. 의심

– 자아효능감에 대한 의구심

핸드백 속 귀퉁이에 늘 젤리가 있다. 아무리 작은 가방을 들어도, 젤리는 꼭 귀퉁이에 챙긴다. 핸드폰과 지갑, 핸드크림, 립밤과 동일한 입지를 가지는, 아니 더 우위에 있기도 한다.

하리보 곰 젤리, 수수깡 젤리, 지구 젤리, 말랑카우, 왕꿈틀이, 젤리빈, 마이쭈… 이름부터 달콤 찐득한 이것들이 내 핸드백에 상주하는 젤리다. 어른들은 잘 모르지만, 아이들에겐 친숙한 이름이다. 물론 이것은 일부분이고, 젤리의 종류는 정말 많다. 편의점이나 마트에 가면, 계산대 근처의 아랫부분에 있는 이들은 어린이 키 맞춤새로 특정 계층만을 공략한다. 덕택에 새로 나온 젤리는 대부분 사보게 된다. 자의 반 타의 반으로.

사실 젤리를 안 좋아한다. 다양한 브랜드의 신상을 빠르게 섭렵하고, 핸드백에 늘 갖고 다니는 것에 비하면, 다소 민망한 취향이다. 내게 젤리는 너무 달고, 촉감도 이상하다. 세상엔 단것들이 다양한데, 굳이 찐득거리고 물컹거리는 젤리를 왜 좋아하는지 모르겠다. 그러나 취향을 제외하고 여러 면에서 젤리는 필요하다. 핸드백 속에 준비하고 다닐 수밖에 없다.

달콤한 젤리는 주변을 달콤하게 한다. 모든 상황을 달콤하게 만들어준다. 아이 둘을 키우는 나는 일상이 아이들(내 아이와 남의 집 아이, 모르는 아이 포함)과 함께한다. 아이들과 함께하는 일상이란, 갑자기 넘어져 얼굴이나 무릎에 피가 나고, 두 명 이상이 모이면 소리를 질러대고, 큰 소리로 울어버릴 수 있는 사람들과 지내는 것을 의미한다. 사람들과 있어도 조용히 얘기하는 나는 이런 아이들과 있다 보면, 곧잘 머리가 어지러워지곤 한다. 이럴 때 핸드백 귀퉁이를 뒤적인다. 작은 젤리 하나가 믿음직스럽게 손에 들어온다.

젤리는 아이들과 생기는 어떠한 비상 상황에서도 스무스하게 넘어갈 수 있게 한다. 어린이집에서 집으로 오는 길에 바닥에 드러눕거나 쭈그리고 앉아 꼼짝도 안 할 때, 젤리만 있으면 아이는 움직인다. 소아과 진료를 기다리는 지루하고 긴 시간을 견딜 수 있게 해주기도 한다. 놀이터에서 친구들과 놀다가 작은 다툼이 벌어졌을 때도 젤리면 해결된다. 길에서 만난 어색한 친구와 친하게 인사하고 싶을 때도 효과적이다. 달콤한 젤리를 마다하는 어린 친구는 아직 본 적이 없다.

더불어 크기도 작고 가벼워 어디에 넣어도 티가 안 난다. 그런 이유로 윤이가 젤리를 먹기 시작한 무렵부터 젤리는 늘 내 주변 귀퉁이에 자리하고 있다. 이곳저곳. 재킷 주머니, 여러 종류의 핸드백 속 포켓, 화장대 서랍, 부엌 선반 위의 작은 그릇 등, 말 그대로 이곳저곳이다. 그래서일까, 내게는 언제나 끈적이듯 달큰한 향이 나곤 한다.

어제는 남편에게 핸드크림을 선물 받았다. 핸드크림 겉면에 Harsh Green이란 이름과 함께, 화이트 머스크의 베이스에 벚꽃, 자스민, 튤립, 은방울꽃의 중간 향과 이슬 맺힌 나뭇잎, 초록 허브와 레몬의 향이 더해졌다고 쓰여 있었다. 아무튼 세련된 향이었다. 손에 크림을 발랐다. 건조함은 사라지고 세련된 향은 남기를 기대하면서. 아이들과의 흔적 또한 지워지기를 바라기도 했다.

그러나 젤리 향만큼은 숨길 수 없어서, 금세 내게 스며든다. 핸드크림을 자주 발라보지만, 소용없는 걸 보면 젤리도 자주 만지나 보다. 젤리의 껍질을 까야 하는 일이 자꾸 발생하는 것이다. 나를 둘러싸고 있는 아이들이 나를 가만두지 않는 일이 자꾸 생긴다는 뜻이다. 아무리 강렬한 향의 핸드크림을 내게 선물해 준들, 내 손엔 다시 젤리 향이 밸 것이다. 어쩌면 이미 젤리 향이 깊게 배어 있는지도 모른다. 담배를 피우는 사람의 손에 담배 냄새가 배듯이.

젤리면 만사 해결. 아이들을 달콤하게 유혹해서 상황을 회피하려는 면이 있긴 하다. 엄마로서 약점이라고 생각한다. 단호하게 훈육해야 하는 상황이 생기면 겁부터 난다. 이제 육아 7년 차가 되면서 많이 나아지긴 했지만, 어려움은 여전하다. 직장 생활로 7년 차면 과장이 되기도 하는 시기다. 자신의 일에 어느 정도 연륜이 쌓이고 후배들도 생기는 시기일 것이다. 그러나 육아에는 도무지 일에 능숙해지는 때란 오지 않는다. 아이는 계속 자라고, 아이에게 필요한 육아법도 그때마다 달라진다.

영아기, 유아기, 아동기. 시기마다, 아니 해마다 아이를 양육하는 데 필요한 자질도 달라진다. 아기를 수유만 하기에도 버거웠는데, 수개월이 지나면 엄마는 이유식을 연구해야 한다. 기저귀만 채우던 아기가 어느 시기가 되면, 기저귀를 떼고 변기를 쓰는 연습을 해야 한다. 아이에게는 양치하는 법도 알려줘야 한다. 하다못해 물을 뱉는 법, 코를 푸는 법도 하나하나 다 알려줘야만 알 수 있는 것들이다. 엄마는 끊임없이 공부를 해야만 한다.

아이는 새로운 능력을 알게 될 때마다 병치레하듯 마음도 훌쩍 커지게 된다. 한마디로 응석과 생떼가 늘어난다는 뜻이다. 아이의 성장을 위한 일이니, 엄마는 견뎌야 한다. 나이에 맞는 훈육 방법도 잘 익혀두고 활용할 줄 알아야 한다. 이러다 보면, 엄마는 지칠 수밖에 없다. 조금 알 것 같으면 다시 초기화되고, 조금 업데이트가 되었다가도 다시 베이스부터 새롭게 바뀌는 이상한 컴퓨터를 다루는 것과 같다. 엄마로 과장을 달기란 이렇듯 어렵다.

첫아이를 키울 때 예민하고 불안한 것도 그 탓이다. 첫아이가 태어나면, 아기를 돌보는 일은 한 번도 해보지 못한 일이니, 엄마들은 자신감을 갖기 어렵다. 그런 상태로 때로는 위험천만하기도 한 상황들을 대처해나가야 하는데, 주변에 도와줄 사람은 아무도 없다. 주위에 먼저 결혼하여 아기를 낳은 여자 형제나 친구가 있다면 다행이다. 친정엄마 혹은 시어머니가 가까이에 살면서 도와줄 수 있다면 당신은 행운아다. 그러나 대부분은 엄마 혼자 해나가야 하는 일들이 많다. 갓 입사한 신입이 아주 막중한 프로젝트를 혼자 맡은 것과 다름없다. 책임감으로 인한 중압감은 엄청나지만, 자신은 없다. 일을 하는 동안 자신의 업무 능력에 대한 의구심이 계속 들 것이다.

　육아의 어려움이 여기서 나온다. 엄마 혼자 짊어져야 한다는 것. 대부분 일은 여러 명이 함께하게 마련이다. 큰 규모의 회사가 아니라, 작은 규모의 자영업자라도 최소한 2명 이상에서 서로에게 맞는 역할을 분배하여, 함께 일을 한다. 그러나 육아는 오로지 엄마 혼자 책임을 지고 해나간다. 엄마와 아빠의 공동육아를 한다 해도, 둘 중 한 명이 주 양육자가 된다. 주 양육자는 다른 양육자에 비해 월등히 큰 압박을 느낄 수밖에 없다. 아이가 조금 자라서 기관을 다닐 나이가 되면 조금 나아질까. 어린이집, 유치원 선생님의 도움을 받게 되면 괜찮아질까. 그러나 결국 선생님은 그 시기의 아이에게만 도움을 줄 수 있을 뿐, 아이의 전반적인 육아의 책임은 엄마에게 있다. 언제쯤이면, 아이들 키우는 일에 자신감이 생길까. 아이가 7살이 되어, 유치원을 졸업할 시기인 지금도, 여전히 초보 엄마 시절에서 크게 벗어나지 못한 느낌이다.

초보인 상태로 아이가 둘까지 되어버렸다. 이젠 두 아이가 함께 빚어내는 하모니까지 예측하고 통제해야 하는 것이다. 나는 아이들과 함께 있으면 늘 예민해져 있다. 예측 불가능한 어떠한 상황들이 닥칠까 봐 마음을 놓고 있을 수가 없다. 아이들이 추운 겨울, 하원길에 집에 가지 않고 놀이터에 가겠다고 떼를 쓰면 젤리를 주며 회유해 본다. 그러다 안 되면 결국 화를 낸다. 추운 날씨에 밖에서 놀다가 감기에 걸릴까 봐 겁을 내는 것이다. 실제로 감기에 걸리진 않았지만, 감기에 걸린 상황을 머릿속으로 이미 상상해 버린다. 아이들을 잘 달래서 집으로 가면 되지만, 두 아이의 생떼를 잘 다루지 못할까봐 겁이 나서 화부터 낸다. 결국 내가 상황을 통제할 수 없을 것에 대한 두려움 때문에 화를 내는 것이다. 스스로 잘할 수 없을 것이라는 의구심이 들기 시작하면 걷잡을 수 없이 불안해진다. 불안은 예민함으로, 예민함은 곧잘 쉽게 분노로 이어진다. 마른 들판에 불이 옮겨가듯 쉽고도 빠른 전개다. 혼날 일이 아닌데도, 아이들은 내게 혼이 나고 있다.

자신에 대한 유능감을 갖고 있었다면, 자신을 좀 더 믿어주었다면, 상황을 긍정적으로 받아들일 수 있었을까. 그리고 아이들을 좀 더 여유로운 마음으로 대할 수 있을까.

더 이상 젤리 따위에 의존하며 아이를 키우고 싶지 않다. 아이에게서 "엄마 좀 쉬어."라는 말을 듣고 싶지 않다. 여유 없는 엄마가 아닌, 여유로움을 알려줄 수 있는 엄마가 되려면 어떻게 해야 할까. 언제쯤 익숙해지려나. 초보 딱지는 언제쯤 뗄 수 있으려나. 나 역시 스무드하게 주행할 수 있는 드라이버가 되고 싶은데.

그래도 아이를 양육하면서 조금 발전한 게 있다면, 목소리가 조금 커졌다. 친정집에 방문할 때가 그렇다. 친정집은 외부인이 방문할 때 아파트 단지 입구에서 관리실의 경비 아저씨를 불러야 한다. 5m 정도 떨어져 있는 관리실의 아저씨를 부를 때마다 작은 목소리 때문에 곤란했다. 세 번 이상 소리를 질러야만 아저씨를 돌아보게 할 수 있었는데, 최근엔 한 번에 돌아보게 할 때가 많아졌다. 뿌듯한 순간이다. 과거보다 나아진 오늘의 목소리 데시벨 덕분에 잠시나마 아이들 앞에서 어깨가 으쓱할 수 있었다. 언젠가는 핸드백 안의 젤리 없이도 자신 있게 아이들을 컨트롤할 수 있는 날이 오겠지. 육아 7년 차, 내 안의 의구심을 비누처럼 작게, 작게 녹여 보려 한다.

 감정 일기 속 한 문장

모든 상황을 완벽하게 통제하려고 했던 자신이 잘못이었다고 생각하게 됐어요. 내가 바라는 엄마의 모습이 너무 완전한 모습은 아니었을까 한 번쯤 생각 해봐요.

22. 고통

- 아이가 아프면 엄마도 아프다

"윤아! 넌 동생이 죽었으면 좋겠어?"

지옥 같은 날들이었다. 다시는 겪고 싶지 않은 일이었다. 바로 며칠 전 이야기이다. 윤이의 열로부터 시작되어 가족 모두 열병을 앓았던 코로나 19 확진기이다.

뉴스에서는 연일 코로나 신규 확진자 수가 최고치를 경신했다고 보도하고, 유치원 키즈노트에선 원에서 확진자가 나왔다는 공지가 계속 올라

오고 있었다. 주변에 코로나 확진자가 없으면, 친구 없는 거라는 얘기가 떠돌기까지 했다.

지난주 월요일에 같이 놀았던 윤이의 동네 친구가 그 주 수요일에 확진 판정을 받았다. 그 일로 친구 엄마는 과분할 정도로 정중한 사과를 했다. 동네 친구라 같이 놀았을 뿐인데, 사죄를 해야 하는 일인 걸까. 그러나 이런 고민을 미처 할 여유도 없는 난, 사람이기 이전에 두 아이의 엄마였다. 소식을 듣자마자 먼저 한 행동이 윤이에게 마스크를 씌우고, 동생에게서 격리시키는 일이었으니까. 콧물 나는 아이들을 데리고 나온 친구 엄마의 부주의함에 대한 원망도 들었다. 이렇게밖에 생각하지 못하는 내 자신이 싫었다. 주변 사람들과 차단된 채 살아야 하는 걸까. 잘 알지 못하는 병에 대한 두려움은 나를 점차 옭아매고 있었다.

이토록 유난스러운 대응에도 불구하고, 바이러스는 우리에게도 찾아왔다. 윤이, 한이, 남편 그리고 나. 빠짐없이 차례대로 확진이 되었다. 차례대로 걸리다 보니, 아픈 것도 차례대로였다. 첫째가 아플 땐 둘째가 괜찮았고, 둘째가 아플 때는 첫째가 나아가고 있었다. 서로에 대한 배려가 없다면, 상당히 곤란한 상황이 아닐 수 없다.

"어떡해. 열이 왜 안 내려. 119 불러야 되는 거 아니야?"

해열제를 먹으니 열이 내려간 윤이와 달리, 11개월 한이는 열이 통 내려가지를 않았다. 간호사 친구에게도 물어보고, 119에 전화를 해보기도 했다. 119에서는 구급차를 탄다 해도 발열만으로는 응급실에 들어갈 수 없다는 얘기뿐이었다. 40도의 고열은 이틀 동안 지속되었다. 이전에 겪어보지 못한 고열이었다. 아기는 팔과 다리에 힘이 하나도 없었고, 표정조차 잃어갔다. 뉴스에서 봤던 제주도에서 코로나19로 사망한 12개월 아기 소식이 머릿속에 자꾸만 떠올랐다.

한편, 열이 막 내려서 개운해진 윤이는 새 세상을 만난 듯 온몸에 활기가 도는 모양이었다. 거실 소파에서 안방 침대로 종횡무진하며 폴짝폴짝 뛰어다녔다. 봄의 왈츠에 맞춰 춤이라도 추는 듯한 표정으로. 24시간이 모자라도록 놀고 싶은 마음엔 더 이상 바이러스도 몸뚱어리도 방해가 되지 않았다. 그저 이런 기분에 응해주지 않는, 동생만 바라보는 엄마 때문에 속이 상할 뿐.

자신과 놀아주지 않는다며 화를 내던 윤이는 급기야 자기 방으로 들어가 소리를 지르기 시작했다.

"나랑도 놀아줘! 이리로 와! 나랑도 놀아줘! 이리로 와!"

열이 펄펄 끓는 아기와 악을 써대는 어린이. 누군가 우리 집에 지뢰를 묻어놓은 게 분명했다. 그동안 아무도 밟지 않았을 뿐. 그리고 오늘 내가 지뢰를 밟는다. 펑!

뉴스에선 코로나 소식에 이어 러시아의 우크라이나 침공 소식을 전했다. 러시아로부터 폭격받은 키이우의 한 아파트는 건물의 창문이 모두 부서지고 외벽은 갈라져 있었다. 땅은 움푹 꺼진 곳이 군데군데 보였다. 그런데 놀랍게도 폭격받은 다음 날 몇몇의 주민들은 다시 집으로 돌아오는 것이었다. 도저히 살 수 없을 것 같은 폐허 속에서 쓰레기를 치우고 부서진 곳을 고치고 있었다. 한 부부는 인터뷰 속에서 이렇게 말했다.

"러시아 친구들이 우리 집 리모델링을 할 기회를 이렇게 주는군."

두려움에 떠는 아내를 보며, 남편이 농담처럼 건넨 한마디였다. 짐짓 괜찮은 척, 부서진 창가에 비닐을 덧대어 붙이는 아저씨의 뒷모습에서는 말로 표현하기 어려운 숭고함이 있었다. 다른 사람들 역시 우리 집이니까 돌아왔고, 다시 고쳐서 살 것이라고 인터뷰했다.

코로나19가 휩쓸고 간 후, 폐허 같은 우리 집을 가만히 돌아본다. 아기의 열은 내렸지만, 윤이에게 소리친 일은 아이의 가슴에 남아 있을 것이다. 해본 적 없던 죽음에 대한 생각은 이틀을 밤낮 없이 나를 괴롭혔지만, 덕분에 괜찮을 수 있는 현재에 감사함을 느끼게 해주었다. 일주일 넘

게 격리되어 부둥켜안고 살다 보니, 위로하고 사랑할 수 있는 시간도 돌

아왔다. 서로에게 상처와 고통만을 안겨주었다고 생각했던 병이 결국은

서로를 묶어주는 구실이 되었다니, 슬프고도 어이없는 현실이다. 아프지

않고 깨달을 순 없는 걸까.

 아프고 나서 한 뼘 자란 것은 아이만이 아니었다. 아이와 함께 아팠던

엄마도 고통만큼 성숙해지는 것 같다.

 감정 일기 속 한 문장

해열제가 있으면, 열은 시간이 지나면 내리게 마련이에요. 고통도 마찬가지
예요. 당장의 고통에 너무 집중하지 말고, 시간이 지나가길 기다립시다.

23. 분노

– 누구에게인지 모를 가슴속의 분노

가슴속이 부글댄다. 끓어오르는 뭔가가 있다. 부글부글 거품이 끓어오
르다 냄비 밖으로 넘치려 한다. 그러나 아직은 넘치기 직전의 냄비 속 거
품, 지금 마음의 모습이다.

원래 느긋한 편이었다. 결혼하고 이렇게 되었다. 우리 엄마들의 닳고
닳은 레퍼토리. 나라고 예외는 아니었다. 어릴 적 엄마에게 귀에 딱지가
앉을 듯이 들어왔던 그 이야기가 내 이야기가 되었다는 얘기다. 이제야
엄마 마음이 무언지 조금은 알 것도 같다.

어느 주말, 아침으로 아이들에게 핫케이크를 구워줬다. 핫케이크를 좋아하지 않는 남편에겐 즉석밥을 데워주려 했다. 남편은 즉석밥이 아깝다며, 냉동실에 얼려둔 밥을 데워 먹겠다고 했다. 그래서 냉동실에서 밥을 꺼내 데우려고 하는데, 됐다면서 자신은 대충 먹겠다고 놔두란다. 나는 꺼냈던 냉동 밥을 그냥 전자레인지에 넣었다. 수고로울 것을 걱정해 대충 먹겠다고 한 것으로 느꼈기 때문이다. 그리고 남편은 화를 냈다. "넌 왜 점점 고집이 세지는 거야? 안 먹는다고!"

평범한 아침 풍경, 이런 풍경들이 모여 나를 화가 많은 사람으로 만든다. 결혼하지 않고 살았다면 여전히 느긋했을지도 모른다.

집이란 가장 편안한 곳이다. 밖에서 어떤 험한 일을 당하더라도, 집이 있으면 도망칠 수 있다. 든든하다. 집이 있어 우린 상처를 치유하고 마음을 놓을 수 있다. 집은 그런 곳이다.

집에 있는 사람, 집사람, 그게 엄마다. 그러니 만만한 게 엄마라고, 아이들은 학교에서, 유치원에서 힘들었던 일들을 집에 와서 엄마에게 푼다. 집에 돌아오는 하원길에 엄마를 만나면, 징징대고 떼를 쓴다. 엄마가 자신이 원하는 것을 들어주지 않을 때, 바닥에 드러누워 소리 내어 울어버린다. 남편도 다르지 않다. 아이들처럼 일차원적으로 드러내진 않을 뿐. 사실은 회사에서, 거래처에서 치일 대로 치인 자신을 기댈 무언가가 필요하다. 엄마처럼 자신을 보듬어 줄 누군가.

어쩌면, 내게 원하는 건 정돈된 집, 맛있는 음식, 깨끗한 옷이 아닐지도 모르겠다. 그저 자신들의 마음을 다독여 줄 따뜻한 무언가를 해주기를 바라는 건 아닐까. 밥하고 빨래하고 청소하느라 진이 다 빠져버린 엄마가 아니라, 받아줄 수 있는 여유로운 엄마 말이다.

실은 나도 나를 받아들여 주고 이해해 줄 누군가가 필요하다. 모두 내게 요구만 할 뿐, 요구를 들어주는 사람은 없다. 편안해야 할 집이지만, 때로는 가장 힘든 곳이기도 하다. 식구들이 다 같이 모여 있는 주말이면, 스트레스는 극대화된다. 식구들은 각자 할 말만 한다. 첫째 윤은 시종일관 역할 놀이 속의 대사를 내게 요구하고, 남편은 자기 말을 잘 듣지 않는다며 화를 내고, 둘째 한이는 엄마를 열 번째 부르고 있다. 그리고 당신은 산더미 같은 빨래 더미와 시궁창 일보 직전의 집 안을 바라보며, 점심 식사 걱정을 하고 있다. 이 상황에서 여유로운 엄마는 어떤 반응을 보일까? 정말 궁금하다. 난 화를 냈지만 말이다.

그리고 어느 날 읽은 책의 한 글귀가 내 마음을 사로잡았다.

"나도 화가 치밀어 오른다. 그럴 때는 가만히 있는다. 뜨거운 욕조에 몸을 담갔다고 상상한다. (중략) 내 안의 화에 대해서는 내가 무언가 조치를 해야 하지만 뜨거운 물 안에 내가 있는 거라면 적당히 잠겨 있다 몸을 일으켜 그냥 털고 나오면 그만이다."

– 정혜윤, 『오히려 최첨단 가족』

이 문단을 보고, 감탄하지 않을 수 없었다. 끓어오르는 건 마음속 온도일 뿐, 화를 내는 것은 내 선택이었던 것이다. 화를 내고 짜증을 냈던 것은 스스로 선택한 감정의 표현이었던 것이지, 남편이나 아이들의 탓이 아니었던 것이다. 충분히 스스로 선택할 수 있는 문제라고 생각하니, 분노로부터 자유로워지는 것이 느껴졌다. 더 이상 분노에 쉽게 사로잡히지 않을 수 있을 것 같은 희망이 보였다.

 감정 일기 속 한 문장

분노는 표출할수록 점점 강화돼요. 분노를 느껴도, 화를 내지 않도록 상황을 조절하는 것도 좋아요. 화내는 사람은 만 원 내기 규칙을 정해볼까요. 효과 있을지도요.

24. 애틋함

– 눈앞에 자식을 두고도 챙겨주지 못하는 속상한 마음

애틋하다는 감정을 제대로 배우고 있다. 이전에 어떤 연인을 만날 때도 요즘처럼 애틋하다는 느낌을 가진 적이 없었다. 그만큼 사랑하는 사람이라는 뜻이겠지. 바로 첫째, 윤이를 통해서다.

윤이가 요즘 내게 자주 묻는 질문이 있다. "엄마는 뭐 할 때가 제일 좋아?"

얼마 전 다녀온 제주 여행 중에도 같은 질문을 했었다. "엄마는 여행에서 언제가 제일 좋았어? 뭐 하고 있을 때?"

엄마에 대해 알고 싶은 궁금증, 그 너머에 엄마가 자신과 동생 외에도 자신이 원하는 것을 하기를 바라는 마음이 있음을 알고 있다. 바라보는 눈빛에서 느껴지는 마음이다.

"응, 엄마는, 우리 아침마다 카페에 가서 빵이랑 커피 먹었잖아. 그때가 제일 좋았어."

"그으래? 테디베어 박물관은 안 좋았어?"

"응… 응. 좋았지. 윤이랑 재미있게 봤지."

"뭐가 좋았어? 박물관에서."

자신들과 놀 때가 아닌 시간을 좋아했던 엄마를 발견하게 된 윤이다. 이후 대강 대답한 답변에 꽤 구체적으로 물어오기에, 열심히 답을 해주었다. 어쨌든 윤이는 내게 하는 이런 질문들을 통해서 조금씩 알고 있는 것 같다. 엄마는 우리와 놀고 있을 땐 늘 즐겁지만은 않다는 것을, 엄마는 혼자서 쉬고 있을 때를 좋아한다는 사실을.

어제도 윤이는 또 물어왔다.

"엄마, 엄마는 하루 중에 뭐 할 때가 좋아?"하고 물어보기에,

"엄마는 책 읽고 커피 마실 때가 좋아."라고 답했다.

그리고 오늘 아침, 유치원 등원길.

"엄마, 나 유치원에 가 있는 동안, 일은 조금만 하고 쉬고 있어. 커피도 마시고 소파에 앉아서 책도 보면서."라고 말하는 윤이었다.

생각보다 나에 대해 많은 것을 배려하는 아이를 바라보며, 여러 감정이 교차한다. 어른의 기분과 상관없이 자기 기분만 내세우는 아이일 것만 같았던 윤이가 어느새 이렇게 자랐다. 이젠 엄마의 기분을 배려할 줄 아는 사람이 되었다는 마음으로 벅찬 감동이 인다. 동시에 아이가 내 눈치를 살피게 만들 만큼, 내가 아이를 보듬을 품이 작아졌구나, 하는 한탄감과 그런 윤이를 바라보는 애틋함이 자리한다.

요즘엔 지난 7년간 내가 윤이에게 주었던 사랑을 돌려받는 것 같은 때가 많아졌다. 둘째를 낳고 시간적으로, 물리적으로, 감정적으로도 아이를 예전만큼 충분히 돌봐주지 못하는 것이 현실이다. 그럼에도 바쁘고 힘든 엄마를 위한답시고, 내 일을 도와주려고 애를 쓰는 아이를 보면, 마음이 아려온다. 5년간 외동으로 크면서, 모든 사랑을 독차지하여, 눈치보지 않던 성향의 아이라 더욱 그러하다.

결혼에 관심 많은 나이 7세이니 만큼, 윤이는 결혼에 대한 이야기도 많이 한다. 결혼 이야기가 나오면, 윤이는 결혼을 해도 아이는 낳지 않겠다고 한다. 아이를 낳는 것은 너무 아프고, 키우는 것은 너무 힘들기 때문이라고 이유를 말한다. 그리고 자신은 결혼을 해도 일을 계속할 것이라고 굳은 다짐을 밝히기도 한다.

그녀의 이런 생각에 어느 정도 내 모습과 생각이 영향을 미친 것 같아, 사실 들으면서 속으로 뜨끔했다. 결혼 후에도 일을 손에서 놓고 싶지 않아, 어떻게든 지속적으로 할 수 있는 일을 찾아 헤맸던 지난날과 두 아이를 키우면서, 생활의 고됨과 힘듦을 너무 여실하게 보여줬던 건 아닌지. 반성하게 되는 말이었다. 혹시, 현재의 엄마가 처해 있는 상황에서 불행하게만 보였던 건 아닐지.

"아, 엄마가 웃는다. 엄마 웃을 때가 제일 좋아."라는 윤이에게 난 웃는 모습을 얼마나 보여줬던가. 어쩌면, 엄마가 언제를 제일 좋아하는지를 묻는 물음에는 그때 웃는 얼굴의 엄마를 보고 싶어서가 아닐지. 엄마를 도와주고, 엄마의 기분을 살피며 배려하는 아이의 행동 속에는 이렇게 하면 엄마가 웃을까, 하는 마음이 있었던 것은 아닐까.

이런 윤이의 마음을 알면서도 예전처럼 마음껏 예뻐해 주고 사랑해 주지 못했던 내 마음은 애틋함이었다. 마치 멀리 있어 잘 만나지 못하는 연인을 생각하는 듯한 마음이다. 세상 누구보다 잘해주고 싶지만, 우리 사이엔 너무 많은 잡다한 일과 한 명의 손 많이 가는, 코흘리개 아기가 있다. 눈앞의 닥친 일들만 처리하고, 날 부르며 울어대는 아기만 보고 나서 그 후에 윤이에게 가야지, 하는 마음은 늘 있다. 언제나 내 시선의 끝엔 윤이가 있었다. 결국 마지막 목적지는 윤이었는데, 당도하기 전에 시간이 초과되거나 에너지가 고갈되고 만다.

그렇게 오늘도 윤이는 엄마와의 인형 놀이를 하지 못하고 잠에 든다. 내일은 동생이 깨기 전에 아침 일찍 일어나서, 엄마와 단둘이 인형 놀이를 하리라, 마음먹으면서. 그런 마음을 알면서도 해주지 못하는 엄마의 마음은 애달프고 절절하다. 눈앞에 자식을 두고도 챙겨주지 못하는 속상한 마음을 애틋하다는 단어 말고는 설명할 길이 없다. 엄마에게 애틋함은 경험하고 싶지 않지만, 피할 수 없는 감정인가 보다.

 감정 일기 속 한 문장

애틋함을 마음에만 품지 말고, 말로 표현할 걸 그랬어요. 잠깐이라도 눈 맞추고 이야기해 주세요. 잘해주고 싶은데, 그러지 못해서 속상하라고.

25. 경탄

– 두 아이를 동시에 눈에 담는 순간

아침부터 한밤중까지 시끌벅적한 우리 집. 언어영역 공부 안 하고도 1등급 받았다는 남편 덕분인지, 아니면 집 안 분위기 때문인지, 두 아이 모두 언어 쪽으로 발달이 빠른 편이다. 수다쟁이 첫째 윤이에 지칠 때쯤 나타난 둘째. 둘째는 혹시나 조용하지 않을까 기대를 걸어보았지만, 수다쟁이 유전자를 피해 가진 못했나 보다. 문제는 말하는 사람만 있고, 듣는 사람은 없다는 데에 있다. 어른이나 아이 할 것 없이 할 말 많은 세 사람의 이야기 종착지는 오로지 내 두 귀. 나마저 듣지 않는다면, 아마도 공기 중에 부유하다 비눗방울처럼 톡톡 터져 사라져 버려도 아무도 모를 것 같다. 심지어 말 많은 이 집 안에서 통용되는 언어가 세 개라는 것이다. 한국어, 영어, 그리고 아기어. 세 개 언어 동시통역을 심하게 하고 난 밤이면, 귀에서 피가 흐르는 일이 다반사다. 가끔 듣는 일을 대신 해 줄 누군가의 귀를 빌리고 싶어진다.

옹알옹알을 시작한 13개월 차 한이가 구사하는 아기어와 영어학원 1개월 차 윤이가 쌀라쌀라 하며 구사하는 영어, 그리고 한국어 간에는 통역을 도와주는 이들이 한 명씩 있다. 한국어-영어 통역은 주로 네이버 영어사전의 도움을 매번 잘 받고 있다. 스피커를 통해 현지 원어민의 발음을 듣고 나서야, 윤이는 시원한 듯 "으음~!" 하곤 하는데, 그때마다 내 발음에 회의감이 들기도. 흠흠.

그리고 한국어-아기어 통역은 윤이가 도와주는데, 아기어를 구사한 지 얼마 되지 않아서인지 잘도 알아듣는다. 남편과 내가 듣기엔 같은 아와 어도(그리고 수많은 외계어도) 윤이가 해석해 주면 상황마다 모두 다른 한국어로 들린다.

밤이면 피가 나도록 피곤한 귀이지만, 사실 누구도 듣지 못한 귀한 소리를 많이 듣는 귀다. 한이가 처음 엄마라고 부르던 순간, 그리고 엄마를 시작으로, 맘마, 지지, 아빠, 누나를 처음으로 말했던 소리는 오직 내 두

귀만이 담을 수 있었다. 다른 귀들이 들은 소리는 모두 처음 이후의 것들이었다. 같은 소리라도 처음의 감동을 따라가진 못한다. 그래서 귀하다. 언제 듣게 될지 모르니, 언제든지 귀를 열어둔다.

며칠 전에는 청소기를 밀던 중에 새로운 말을 듣게 되기도 했다. 청소기를 유난히 좋아하는 한이는 청소할 때면 청소기를 쫓아 기어다니면서 근처를 맴돈다. 먼지도 폴폴 나는 데다 청소기 흡입구가 아기 손이나 발을 스치기라도 할까 싶어, 아무래도 신경이 많이 쓰이게 된다. 그날도 마찬가지였다. 청소기를 켜자마자, 한이는 와악- 소리를 지르면서 기어 오기 시작했다. 얼른 청소를 끝내려고 마음을 먹고는 아기에게서 등을 돌린 채 열심히 청소기를 밀어댔다. 간단히 거실 바닥만을 밀고 청소기를 껐는데, 그때 등 뒤에서 낯설지만, 익숙한 소리가 들렸다. "돼따아~."

평소 어떤 일을 끝내곤 하면, "됐다~." 하고 말을 하는 습관이 있는데, 그 말과 똑같은 소리가 들렸다. 누가 한 말인지도 모르고 반사적으로 "됐다~." 하고 답을 했다. 그리고 말을 하고 난 뒤에 깨달았다. 이곳엔 아기와 나 둘뿐이란 걸. 깜짝 놀란 얼굴로 뒤를 돌아 한이를 바라보니, 다시 답이 돌아왔다. "돼따아~!"

처음 말을 시작한 아기의 말만이 감동일까. 책으로도 담았던 윤이의 예쁜 말들은 윤이가 7살이 되면서 더욱 성숙해지고 따뜻해졌다. 밤에 잠자리에서 나누는 이야기들은 여전히 잠들고 싶지 않을 만큼 설레게 한다.

귀는 들었지만, 소리는 흘러가고 사라진다. 영원히 저장하고 싶을 만큼, 다정하고 순수한 소리도 저장할 수 없다. 아이가 말을 하는 그 순간에 갑자기 녹음할 수는 없으니까. 아쉬움이 남을 때면 순간을 기록하려 하지만, 그때는 이미 늦다. 순간은 이미 흩어져버리고 말 테니까. 기록은 순간을 잡기 위한 안간힘의 작은 부분일 뿐, 그 순간을 온전히 가질 수는 없는 게 아닐까.

그렇다면 이 모든 따뜻하고 다정한 말들, 설레고 신기한 처음의 소리를 모두 들을 수 있는 지금의 내 귀는 얼마나 호사로운가. 가끔 빌려드리고 싶다. 기꺼이.

경탄이란, 몹시 놀라며 감탄하는 모양을 말한다. 엄마에겐 아이들이 함께 노는 모습을 바라보는 것만큼 기분 좋은 풍경은 없을 것이다. 가끔은 싸우기도 하지만. 그래도 역시, 내가 가장 사랑하는 피조물을 한꺼번에 바라보는 광경은 경탄스럽다는 말 외에는 표현되지 않는다. 내가 어떻게 아기를 낳았지, 부터 시작해 이렇게 예쁜 아이들을! 싶은 마음이 든다. 경탄의 마음이 있기에, 엄마는 하루를 또 살아갈 힘을 얻는 것 같다.

 감정 일기 속 한 문장

최고의 순간에 사진으로 남기느라 눈에, 귀에 제대로 담지 못할 때가 많지 않나요? 아름다운 순간, 카메라 없이 오롯이 현장을 느껴보세요. 전율을 느껴보세요.

26. 사랑

– 마르지 않는 우물에서 물 길어 올리듯 나눠주기

여전히 있었다. 도자기로 된 작은 사진 액자. 엄마의 짙은 고동색 나무 장식장 안에는 여러 가지 크기의 사진 액자가 있었는데, 이 작은 액자는 다른 액자와 달리 한지로 겉을 씌운 전통 상자 속에 있었다. 장식장에 오기 전엔 내 책상 귀퉁이를 차지하기도 했던 액자다. 상자 안에는 엘리자베스 여왕이 새겨진 코인 목걸이와 빨간 돌이 박힌 브로치 그리고 증명사진용 봉투도 있었다. 윤이는 봉투를 탈탈 털어, 그 안에 들어 있던 동생과 나의 증명사진들을 쏟아냈다. 초등학교 시절부터, 중학교, 고등학교, 대학교 때까지의 시대별 증명사진들.

"이게 누구야? 엄마랑 삼촌 사진이야? 히히. 귀엽다."

동생과 나의 어린 시절을 바라보며 신기해하는 윤이를 옆에 두고, 작은 도자기 액자를 손에 집어 든다. 사진 속에는 그리운 외할아버지의 푸르던 모습. 아이처럼 해사하게 웃고 있는 외할아버지가 있었다.

외할아버지를 마지막으로 만난 날이 2011년 2월이니, 이제 10년이 되었다. 미국 외삼촌 댁에 계셔서 쉽게 볼 수 없었던 외할아버지를 오랜만에 찾아뵈었던 날이었다. 그리고 그게 외할아버지를 본 마지막 날이 되었다.

마지막 만남은 시카고 근교의 한 요양원에서였다. 외할아버지는 내게 존댓말을 하셨다. 와줘서 고마워요. 여기 앉아요, 라고 말하는 외할아버지는 나는 물론 엄마도 기억하지 못하시는 노인성 치매가 있으셨다. 어린 시절만을 기억하시는 외할아버지는 그래서인지 더욱 어린아이같이 해맑게 웃고 계셨다. 그로부터 3년이 지난 추운 겨울날 새벽, 외할아버지가 돌아가셨다는 전화를 받았다. 그날, 엄마와 나는 서로를 바라보며 조금 울었다.

외할아버지는 내게 할아버지 이상의 존재였다. IMF 시절, 가계가 기울며 갑자기 가게를 하셨던 엄마를 대신해 옆에서 알뜰살뜰히 챙겨준 엄마였고, 몇 년간 편지를 주고받았던 친구였다. 외할아버지는 미국으로 가시기 전 1년 정도를 우리 집에서 같이 사셨다. 초등학교 6학년 때였는데, 다음 해 2월 말에 미국으로 가셨다. 함께 찍은 마지막 사진이 된 초등학교 졸업 사진 속에서 외할아버지는 잔뜩 찌푸린 채 아이같이 울상을 하고 있다. 외할아버지는 그날 손녀 몰래 우셨던가 보다.

1년 동안 우리는 참 사이가 좋았다. 책을 좋아하고 매일 일기를 쓰시던 외할아버지는 나와 비슷한 부분이 많았다. 해외여행 자유화가 되었을 무렵부터 다녀오신 미국, 유럽 여행 이야기는 몇 번을 들어도 질리지 않았고, 일본에 있는 친구들과 편지를 주고받으시는 외할아버지가 멋져 보였다. 누구에게나 다정하고 상냥했던 외할아버지는 친구들에게도 인기 만점이었다. 집에 친구들을 데려오면, 외할아버지는 친구들 이름을 기억하고 불러주며, 한자로 이름 풀이를 해주시기도 했다. 우리들은 마치 사주 카페에 온 것처럼 외할아버지 방에서 까르르거리며 신나게 떠들어 대곤 했다.

외할아버지와의 본격적인 우정이 시작된 건, 미국으로 가시고 나서부터였다. 우리는 국제 펜팔을 시작했다. 일주일에 한 번 정도 편지를 주고

받았다. 일본 친구들과 펜팔을 하시던 외할아버지에게 손녀와 펜팔을 시작하는 건 자연스러운 전개라고 생각했다. 당시에는 그런 생각으로 특별하게 느껴진 않았는데, 이제 와 생각해 보니 외할아버지에게는 외로운 타지 생활 속 고향과의 유일한 끈이었을 것 같다. 우리는 일주일 동안 있었던 평범한 일들을 일기로 기록하듯 편지에 적었고, 그때 찍은 사진이 있으면 함께 넣어서 보내기도 했다. 빨갛고 파란색의 사선이 그어진 봉투가 우편함에 있으면, 그날은 특별한 날이 되었다. 외할아버지는 외국 느낌이 물씬 나는 그림엽서나 축하 카드, 스티커, 크리스마스 씰 같은 여자아이가 좋아할 법한 문구류들을 종종 같이 보내주시곤 했다. 봉투 속 작은 선물들은 책상 밑에 숨겨둔 보물 상자에 아껴 넣어두었다가, 마음이 가라앉을 때면 꺼내 보곤 했다.

우리의 펜팔은 몇 년간 이어졌지만, 중학교에 들어가면서 해마다 줄어들었고, 고등학생 때는 거의 보내지 않게 되었다. 어렸던 내게는 외할아버지보다 중요하고 흥미로운 일들이 더 많았다. 외할아버지는 생활 속에서 조금씩 옅어졌다. 대학생이 되어서야 실연으로 가슴 아파했던 어느 날 책상 밑 보물 상자를 꺼내 보았고, 외할아버지와 주고받았던 편지들을 발견했다. 편지 봉투 안에서 잠자고 있던 옛 추억들이 와르르 쏟아졌다.

열 살쯤 되었을까. 추운 겨울날 아침에 누군가 깨워 일어나보니 외할
아버지가 눈앞에 계셨다. 커다란 검은 봉지를 손에 들고. 외할아버지는
막 잠에서 깬 나를 아기처럼 꼭 안아주며, 차가운 발등에 입을 맞추셨다.
외할아버지는 봉지에서 과자, 사탕, 음료수 같은 간식거리들과 함께 면
양말을 꺼내셨다. 그리고 아기 발 다루듯 내 발을 양손으로 비벼주시곤
양말을 신겨주셨다. 아기처럼 보듬어 주었던 외할아버지의 손길은 아직
까지 잊히지 않는 소중한 기억이다. 그날의 기억은 대학생이던 내게도,
30대가 된 내게도 상처에 잘 듣는 연고가 되어 주었다.

작은 도자기 액자 속 외할아버지를 오래도록 바라본다. 외할아버지에
게 다시 돌아오는 데 너무 오래 걸렸다. 외할아버지는 나를 이루는 소중
한 사람 중 하나인데, 고등학생 때 편지를 그만두는 것처럼 또 잊혀져갔
다. 현재에 묻혀서 잊혀간다.

"누구야? 이 할아버지는?"

"응, 엄마의 외할아버지야. 윤이도 외할아버지 있지? 엄마도 외할아버
지가 있었어. 윤이 외할아버지처럼, 엄청 좋은! 엄마를 얼마나 예뻐했는
데."

열 살의 겨울 아침, 내 발에 입 맞춰 주었던 외할아버지의 사랑이 우물이 되어, 나 역시 누군가에게 사랑을 퍼줄 수 있게 되었다는 생각을 가끔 한다. 따뜻한 마음이 퐁퐁 솟아나는 우물.

사랑의 마음을 생각하면, 언제나 이런 풍경이 떠오른다. 외할아버지에게서 받은 편안함과 따뜻한 감정을 이젠 내가 아이들에게 나누어준다. 마르지 않는 우물에서 물을 길어 올리듯이, 아이들에 대한 사랑의 감정은 퍼도, 퍼도 모자라지 않을 만큼 충분하다. 모두 외할아버지의 사랑 덕분이다. 외할아버지에게 한없는 사랑을 받지 않았다면, 조금 다른 모습의 어른이 되었을지도 모른다. 어린 시절, 조건 없이 나를 사랑해주었던 사람들이 지금의 내 인생을 단단히 만들어 주었다. 외할아버지를 비롯해, 초등학교 3학년 때의 담임 선생님과 글쓰기 학원 선생님, 여행지에서 만난 언니. 모두 나의 가능성을 알아봐 주고, 무조건적인 애정을 베풀어주었던 사람들이다.

윤에게 다정한 말을 건넬 때, 한이를 꼭 안아줄 때, 나는 내가 외할아버지에게 받았던 사랑의 풍경을 떠올린다. 그 풍경의 아름다움을 간직한 채, 새로운 풍경화를 그려간다.

아이에 대한 엄마의 사랑은 본능이라지만, 그렇게 생각하지 않는다. 사랑도 연습해야 한다. 마음속에 있는 사랑을 꺼내서 표현하는 법을 언어로, 스킨십으로 연습이 필요하다. 만약 사랑을 표현하는 게 어렵다면, 어린 시절 나를 예뻐해 주었던 어른들의 모습을 상상해 보면 어떨까.

 감정 일기 속 한 문장

내가 준 사랑을 바탕으로, 어른이 되었을 때 마음의 우물이 가득 차 있을 아이를 상상해보세요.

27. 슬픔

- 봇물처럼 터져 나오는 감정

할머니가 돌아가셨다.

월요일 아침. 8시를 기다리기라도 한 듯 전화가 걸려 왔다. 간밤에 할머니가 돌아가셨다는 연락이었다. 이미 장례식장에 계신다는 부모님은 어린아이 둘이 있는 딸을 염려하여, 깊은 새벽이 지난 후 전화를 주셨다.

할머니가 이제 안 계시다는 말이 실감 나지 않았다. 그래서일까. 지난 밤에 꾸던 꿈이 깨지 않고 이어지는 기분이다. 슬픔보다는 당황과 황망함이 먼저 들었다. 평소대로라면 아침 식사를 준비하는 시간이지만, 갑작스러운 비보에 하릴없이 이 방 저 방 왔다 갔다 하기만 했다. 어찌해야 하나. 지금까지 장례식을 겪어본 경험이 없다. 무엇을 먼저 해야 하는지 혼란스럽다. 일단은 아이들을 유치원과 어린이집에 보내기로 했다. 등원 준비를 서둘렀다. 시끄러운 내 마음도 모르는지, 아이들은 천진난만하기 이를 데 없다. 나도 모르게, 뾰족한 목소리가 자꾸 나왔다. 그제야 눈치 빠른 윤이는 양치를 안 하려는 동생에게 "한아, 지금 엄마가 할머니 돌아가셔서 기분 안 좋잖아. 그러니까 말 잘 들어야지."라며 잔소리를 해주었다.

남편이 출근하고 아이들이 등원하자, 비로소 혼자가 되었다. 오늘따라 텅 빈 집이 크게 느껴진다. 천천히 장례식장에 갈 준비를 시작했다. 여전히 할머니가 돌아가셨다는 게 와 닿지는 않았지만.

할머니께는 명절마다 찾아가곤 했었다. 그러니 일 년에 두 번이 고작이다. 올해는 설에 시할머니가 돌아가시면서, 시댁에서 장례를 치르는 바람에 찾아뵙지도 못했다. 시할머니께서 돌아가신 후 슬픔과 허무에 휩싸인 남편을 바라보며, 남은 날이라도 할머니께 잘 해드려야지, 자주 찾아 봬야지, 생각했던 게 얼마 전이었다. 그리고 한 달도 되지 않아, 할머니는 기다려 주지 않고 떠나셨다. 할머니에게 가려고 적당한 때를 기다렸는데, 적당한 때란 없는 거였다. 사랑하는 사람을 만나고, 표현하는 일에는 기다림을 두어선 안 되는 거였다.

집에 있는 옷 중에 가장 어두운 색상의 옷을 골라 입고, 검은 양말을 찾아 신었다. 사흘 동안 신어야 하니 세 개가 필요한데, 검은 양말은 두 개밖에 없었다. 대신 남편의 양말로 하나를 채웠다.

장례식장까지 운전하며 가는 길에 자꾸만 심장이 뛰었다. 아침에 마신 커피 때문일까. 그다지 춥지 않은 날씨인데, 손이 차고 몸이 떨렸다. 히터를 켜고 운전했다. 머리보다 몸이 먼저 알고 있는 걸까. 할머니와 이별하러 가는 길이라는 걸.

할머니와는 어렸을 때 같이 살기도 해서 추억이 많다. 부모님이 결혼하고 분가하기 전, 이년 정도를 할머니와 같이 살았기 때문에 아기 시절에는 할머니 손에서 자랐다. 그 후 8살 무렵에도, 할머니 집에서 일 년을 함께 살았는데, 기억하는 할머니 모습의 대부분이 그 시절의 모습이다. 할머니와 나 사이엔 함께 살며 생긴 정이 차곡차곡 쌓였다. 할머니는 늘 밥을 많이 주셨다. 일단 큰 밥공기에 많이 주고, 잘 먹으면 더 주셨다. 할머니와 함께 살던 시절의 나는 늘 통통하게 살이 오른 모습이다. 할머니의 주특기는 밥상에 올라온 반찬을 모두 섞어 만드는 비빔밥이었다. 숟가락으로 꼭꼭 눌러가며 비벼주신 비빔밥은 보기엔 평범해도 맛은 최고였다. 동생과 내가 밥을 깨작거릴 참이면, 할머니가 출동해 밥을 비벼주시곤 했다. 어렸을 때 잘 먹어서일까, 다 크고 난 후에도 할머니를 찾아뵈면 밥을 더 권하곤 하셨다. 먹어도, 먹어도, 사양해도, 사양해도 아랑곳하지 않으시고 계속 밥을 더 퍼주시는 할머니가 점차 부담스러웠다.

한편, 우리나라의 많은 시어머니와 며느리가 겪는 고부갈등이 우리 집에도 있었다. 부당하게도 일방적인 피해자가 있었고, 엄마였다. 우리 집은 제사를 중요시하고 유교식 사고방식을 따르는 할아버지 휘하에 철저하게 며느리를 낮춰보는 고지식한 집안이었다. 할머니 역시 남존여비가 심했다. 나에겐 한없이 포근한 할머니가 엄마에겐 냉정하고 매서운 시어머니였다. 엄마는 딸인 내게 할머니에 대한 하소연을 자주 했고, 잘 들어주는 일이 내가 할 수 있는 최선이었다. 엄마를 통해 듣는 할머니의 모습은 내가 아는 할머니가 아니었다. 같은 여자로서, 억울한 상황에 분노하고 절망한 일이 많았다. 할머니를 생각하면 여러 복잡한 마음이 교차한다. 어떤 마음으로 할머니를 보내드려야 할지 생각하다, 어느덧 장례식장으로 들어섰다.

장례식장은 누구나 눈물을 흘려도 괜찮은 장소다. 조용히 눈물을 훔치는 사람도, 소리 내어 우는 사람도 이곳에선 모두 허용된다. 나도 울었다. 조용히 눈물을 훔치기도 했고, 소리 내어 울기도 했다. 다른 이의 시선은 상관하지 않았다. 우는 것이 자유롭게 가능한 장소가 과연 몇이나 될까. 장례식장을 제외하면, 아무도 없는 화장실이나 내 방 침대의 이불 속 정도일까. 울음이 허용된 이곳에서 마음 놓고 울 수 있어서 다행이었다.

운다. 슬픔을 느끼며 운다. 운다는 것은 슬픔을 가장 잘 드러내는 태도가 아닐까. 그런데 평소엔 그 울음이 쉽지 않다. 슬픔은 언제나 가슴 깊은 곳에 숨겨져 있다. 슬픔은 어둡고 깊은 검은 우물 속에 혼자 들어가는 것이다. 어둡고 깊으니, 앞이 잘 보이지 않고 나 혼자임을 잘 인식하게 된다. 무겁고 무거운 돌덩이가 가슴을 짓누르는 것 같다. 하염없이 눈물이 계속 흐르고, 눈물은 우물 속을 가득 채운다. 점차 눈물로 가득 찬 우물 속 나는 물속에 잠겨 숨을 쉴 수 없을 지경이다.

슬픔만을 공유하는 이곳에선 모두가 서로에게 다정했다. 사이가 좋지 않았던 친척 어르신들은 얼싸안고 함께 눈물을 흘렸다. 만날 때마다 서로 비교하기 바빴던 사촌들도 서로의 이야기에 귀를 기울였다. 한 사람의 죽음이라는 숙연함 앞에서는 고부 갈등도, 형제 갈등도, 미움도, 시기, 질투도 사라지는 듯했다. 인생의 허망함 앞에 서면, 그 감정의 비천함과 비루함이 남아 있지 못했다.

봇물처럼 터져 나오는 눈물을 막을 수 없었다. 그동안 꼭꼭 눌러 담아왔던 감정의 표출이었다. 계속되는 거센 물살에 더 이상 버틸 수 없을 만큼 압력이 가해진 걸까. 막혀 있던 감정의 어느 곳이 고장 나버린 듯했다. 한번 터진 눈물은 그칠 기미가 안 보였다. 비단 할머니의 죽음만이 눈물의 연유가 아니었다. 저기 좁은 구석에 가만히 기대고 서 있는 어린 내가 보였다. 결국은 나의 삶, 나 자신을 구하기 위한 눈물이 되었다. 눈물을 흘리고서야 그게 보였다. 나를 구원하기 위해 필요한 것은 진심으로 울어주는 것이었다는 것을.

슬픔이 다가올 때면 도망가기 바빴다. 슬픔에 굴복하면 안 될 것 같았다. 밝고 씩씩한 엄마여야 한다고 생각했었나 보다. 그러나 엄마도 감정이 있는 사람, 슬픔도 기쁨도 온전히 느낄 가치가 있는 감정이었다. 슬픔을 진하게 느끼고 난 후에야, 후련하게 슬픔을 털어낼 수 있었다.

 **감정 일기 속 한 문장**

슬픔이 다가오면 피하지 마세요. 정직하게 느끼고 보내주세요.

28. 확신

– 의심에서 인정으로, 그리고 변화의 바람

이사 온 지 한 달, 우리 집은 집이라기엔 조금 모자란, 그런 상태다.

부엌에 가스레인지가 없다. 쓰던 가스레인지가 빌트인이라 예전 집에 두고 왔고, 새 가스레인지는 아직이다. 이유인즉슨, 이사 오면서 식기세척기를 새로 들이기로 했는데, 알아보니 식기세척기가 들어갈 자리가 가스레인지가 있던 자리뿐이었다. 식기세척기를 사고 나서, 가스레인지를 살 수 있게 되었다. 그리고 처음 써보는 식기세척기는 고려해야 할 조건이 많았다. 그냥 브랜드와 가격을 보고 결정하려 했던 나는 멘붕에 빠졌다. 설치 타입과 설치 장소, 크기, 위에 가스레인지를 올려놓고 쓸 수 있는지 여부 등 여러 가지를 비교하다 보니, 쉽게 살 수 없었다. 자연히 가스레인지도 사지 못했다. 부엌에서 가장 중요한 불의 자리가 설거지에 밀려, 설 자리가 없어지다니. 어쩔 수 없이 휴대용 버너가 불의 자리를 대신하는 중이다.

일주일이면 될 거라고 생각했던 휴대용 버너 생활이 한 달째가 되어간다. 요리할 때는 성미가 급한 편이라, 화구도 3구를 한꺼번에 사용해야 직성이 풀린다. 그런 내가 휴대용 버너로 1구 생활을 하니, 요리할 때마다 속이 타들어 간다. 1구로는 요리는커녕, 밥 한 끼 차려 먹는 데도 오래 걸린다. 부탄가스는 왜 이리 빨리 떨어지는지. 두 개만 사놓았던 부탄가스는 요리 도중에 편의점으로 가게끔 만들었다.

두 번째, 거실에 소파가 없다. 전에 쓰던 오래된 헝겊 소파를 처분하고, 새로운 가죽 소파를 구입했다. 드디어 가죽 소파를 써보는구나, 들뜬 마음으로 기다렸지만, 배송 지연으로 소파 없는 생활 역시 한 달째다.

거실에 소파가 없으니 불편한 게 이만저만이 아니다. 일단 거실이 휑 댕그렁하다. 아무것도 없는 거실 때문에 막 이사 온 티를 숨길 수가 없다. 집으로 찾아오시는 아이의 학습지 선생님이 거실을 보고 지으셨던

표정을 보면 알 수 있다. "아유, 거실이 참 넓네요." 하셨지만, '이 집 아직 정리되려면, 한참 멀었군.' 하는 말이 들리는 듯했다. 게다가 집에 찾아온 손님에게 앉으라고 권할 자리가 없어 민망하다. 이사 집을 구경하러 온 친구들도 모두 거실은 패스하고 부엌으로 모셨다. 널찍한 거실은 자리만 차지할 뿐, 아무도 찾지 않는 장소가 되어버렸다.

소파가 있던 자리엔 매트와 쿠션이 대신 자리했다. 소파에 앉던 생활에서 바닥에 앉는 생활로의 전환이다. 바닥에 앉아 TV를 본다. 소파에서 볼 땐 높이가 맞던 TV는 바닥에 앉아서 보니 높다. 고개가 올라간다. 바닥에 앉으니 눕고 싶다. 쿠션을 베개 삼아 눕는다. 누워서 TV를 보니 더 높아 보인다. 목이 아프다. 아이들이 자꾸만 뒹군다. 아침에 일어나면 거실로 와서 뒹굴고, 유치원에서 다녀오면 다시 뒹군다.

바닥에 누워 뒹구는 거실, 휴대용 버너로 긴급한 음식만 해 먹는 부엌.

주부이자 엄마로서, 불안정한 가정환경에 마음이 불편하기만 하다. 새로운 동네로 이사를 와서 적응하는 것도 힘이 들고, 새집에 적응하는 것도 힘이 든다. 윤이는 초등학교에 입학하면서 새로운 생활 패턴이 생겼고, 엄마인 나도 새롭게 생활 패턴을 맞춰나가야 한다. 새로운 것에 또 새로운 것을 더하는 생활이 계속된다. 적응하고, 적응해야 한다. 버겁다.

탈진할 것 같은 주중이 지나고, 시골 어머님 댁에 놀러 간 주말. 오랜만에 집밥을 먹고, 따뜻한 아랫목에서 잠을 잤다. 익숙함에서 오는 안정감과 편안함을 마음껏 즐겼다. 집이란 게 이런 거구나. 그동안 긴장감으로 굳었던 온몸이 말랑해지는 듯했다. 그리고 일요일 밤, 돌아오는 차 안에서 낯선 감정을 느꼈다. 처음 느껴보는 감정이었다. 바로, 집에 돌아가기 싫다는 것.

사실은, 조금 충격적이었다. 어느 곳보다 가장 편안해야 할 장소인데, 집이 집같이 느껴지지 않았다. 집에 돌아간다는 길이 불안하고 불편했다. 집이 없는 사람 같았다. 여행할 때처럼.

그 순간, 좋은 생각이 떠올랐다. 지금을 여행 중이라고 생각하면 어떨까? 여행지에서는 가스레인지, 소파 걱정 따위 하지 않아도 된다. 불편함을 전제하고 시작하는 거니까, 밥해 먹기 힘들고, 앉는 자리가 불편해도 괜찮은 것이다. 그보다는 새로운 발견과 경험에 초점을 맞추는 게 여행의 묘미가 아닌가. 이렇게 생각하니, 휴대용 버너도 소소한 재미이자 낭만으로 느껴졌다. 넓은 거실 한복판에 텐트를 쳐놓자. 저녁마다 TV를 보는 대신, 텐트 속에서 아이들과 뒹굴거려야지.

다음 날 아침. 거실에서 뒹굴거리는 아이들을 잡아다 식탁에 앉히는 대신, 함께 뒹굴거렸다. 1구짜리 버너로 아침을 차리느라, 화난 얼굴을 하는 대신, 우유에 시리얼을 먹으며 환하게 웃었다. 모두가 바쁜 아침에 아이들을 안고 누워 있으니, 세상이 달리 보였다. 꼭 해야 한다고 생각했던 일들을 하느라, 놓쳐왔던 게 많은 건 아닐까. 이렇게 바보 같고, 시간 낭비하는 것 같은 쓸데없는 일들이 사실은 더 중요한 게 아닐까.

엄마로서 가졌던 스스로에 대한 의심과 부정적 사고관은 아이들이 자라면서 점점 커졌다. 모험심과 실행력이 넘치던 과거와 다르게 사소한 일에도 예민하고 소심한 사람이 되어갔다. 일상적인 일도 계획을 세웠고, 필요한 것들은 준비가 되어 있어야만 했다. 평안한 하루가 주어져도, 미래의 일을 걱정하느라 불안에 떨기 바빴다. 불안은 엄마라는 역할이 내려준 감정이라고 생각하고 자연스레 받아들였다. 그러던 어느 날, 소파와 가스레인지가 없는 채로 한 달 살기를 하게 된 것이다. 그리고 걱정했던 미래는 오지 않았다.

스피노자는 의심의 원인이 제거된 미래 또는 과거 사물의 관념에서 생기는 기쁨을 확신이라는 감정으로 설명했다. 걱정했던 미래가 원래부터 없었던 것이라는 것을 깨달았을 때, 마음속에 가득 차올랐던 것은 확신이었다. 자신에 대한 확신, 현재의 기쁨에 충실할 수 있는 확신.

하던 일만 하다 보면, 하던 일만 계속하게 된다. 할 일은 계속 쌓이고, 할 일이 많으니, 이게 맞는지 따위를 생각할 여유는 없다. 성실하고 묵묵하게 그냥 계속하는 것, 열심히 하루를 사는 것, 그게 나였고, 남편이었다. 우리 가정이었다. 그리고 어떤 계기로 삐걱대다가 고장이 났고, 잠깐 멈추었다. 멈추고 보니, 습관처럼 해오던 일들이 맞는 건지 의문이 들었다. 우린 방법을 바꿔보기로 했다. 여러 가지 시도를 해보기로 했다.

동네의 변화, 생활 습관의 변화, 사고의 변화 등 시도의 과정을 겪으면서, 우리는 깨닫게 되었다. 과거의 실수로 인한 의심과 미래의 일에 대한 불안은 실체 하지 않는 유령이라는 것을. 그리고 이상적인 남편, 아내, 부모는 존재하지도, 될 수도 없다고 인정하게 되었다. 이제 남은 것은 확신의 마음으로 현재에 사는 것뿐이다. 자신을 의심하지 않고, 주어진 상황을 받아들이고 할 수 있는 일을 조금씩 해내는 것, 이것이 확신의 마음이다.

 **감정 일기 속 한 문장**

불완전한 자신의 모습도, 마음에 들지 않는 상황도 있는 그대로 받아들여

보세요. 모두가 나라는 사람인 걸 어쩌겠어요.

V

아이를 통해
세상과 연결되는 감정

29. 연민

– 아이를 낳고 나니 달라진 관점

아이가 있어서일까, 아이와 관련된 영화를 챙겨보는 편이다. 그리고 자주 울곤 한다. 한 번 보고, 두 번 보고, 생각날 때면 다시 보는 영화는 아이와 관련된 영화들이 많다. 〈너는 착한 아이다〉, 〈그렇게 아버지가 된다〉, 〈가버나움〉, 〈케빈에 대하여〉, 〈어떤 가족〉이 그런 영화들이다.

모두 아이와 부모 혈육의 정에 대한 이야기이거나, 아동 학대, 방임에 대한 문제를 다루는 영화들이다. 영화를 보면서 주로 영화 속 아이가 내 아이였다면, 엄마가 나였다면, 하는 생각을 하게 된다.

앞서 소개한 영화들은 결혼하고 아이를 낳고 난 후에만 본 것은 아니었다. 결혼 전에도 봤던 영화들이 대부분이다. 그런데 결혼 전, 특히 아이를 낳기 전에 봤던 감상과는 전혀 다른 감상으로 와 닿았다.

공감 능력이란 다른 사람의 입장에 대해 이해하고, 깊이 마음으로 인정해주는 것을 말한다. 사실 그동안은 내가 직접 같은 일을 겪지 않아도 타인의 상황에 대해 마음을 열고 받아들여 준다면, 공감해 줄 수 있다고 생각해 왔다. 그리고 아이를 낳고 난 후, 그 생각이 달라졌다. 직접 그 상황을 겪어보는 것은 그렇지 않은 것과는 깊이에서 다름이 있음을 알게 됐다.

아이를 낳고 키우는 일이 그러했다. 아이를 낳고 키우는 일에는 많은 감정들을 느끼게 되는 상황이 생기게 된다. (이 책을 쓰는 이유이기도 하다) 기쁘고 슬프고 화가 나고 그러다 또 어이없이 웃어버리는 일이 하루에도 몇 번씩 반복된다. 그뿐인가, 내 목숨보다도 소중한 존재가 세상에 생긴다는 것은(그것도 연약하고 위태로운 모습으로) 애태우고 마음 아플 일도 많이 생긴다는 뜻이다. 그러니 아이 있는 집만 보면, 저 집도 우리 집 같겠구나, 하는 애틋하면서도 안쓰러운 마음이 자주 들곤 한다. 타인에 대한 연민의 감정은 이렇게 나타난다.

연민의 감정을 갖고 바라보면, 세상에 대한 관점이 바뀌게 된다. 자본주의, 약육강식의 세계에서 유일하게 강자가 우위라는 논리가 통하지 않는 분야가 육아 같다. 정확히는 돌봄 노동의 분야가 그렇다. 아이뿐만 아니라, 어르신, 몸이 불편한 사람, 강아지, 고양이 등 생각 외로 다양하다. 돌보는 일은 나보다 약하기에, 내 도움이 필요한 존재를 돕는 일이다. 관점은 여기서 바뀌게 된다. 나보다 약할수록 나의 손이 많이 필요하다. 나의 관심과 애정이 많이 필요하다. 나의 노력을 많이 필요로 한다. 나의 육체적, 감정적 노동을 요구하는 정도는 약한 존재일수록 집중적이고 끊임 없다. 어찌 보면, 약한 상대일수록 우위에 서는 세계라고 할 수 있다.

약자를 도울 수 있다는 사실만으로 발생하는, 강자가 되었다는 자부심 혹은 누군가에게 필요한 존재가 되었다는 존재감, 이것이야말로 연민의 감정 뒤에 숨겨진 이면의 정체다.

– 강신주, 『강신주의 감정수업』

그러나 강신주 작가는 연민이라는 감정의 이면을 설명한다. 그의 설명에 따르면, 연민의 감정 안에서도 엄연히 강자와 약자가 존재하며, 강자는 약자의 약함으로 인해 강자로 존재할 수 있음을 느끼는 감정이다. 정말 그러한가? 내게도 적용해 보면 어떨까.

이러한 관점으로 내 안의 연민의 감정을 들여다본다. 우리 아이들이 내게 무언가 해달라는 요구를 할 때, 부담스럽고 싫은 마음이 앞섰을까? 나만이 들어줄 수 있는 요구일수록 좋아할 때가 많지 않았던가? "엄마, 엄마."라고 부르며, 아빠에겐 등을 돌리고 엄마에게만 안기려고 할 때, 나의 존재감과 유능감이 빛을 발한다고 생각하진 않았나. 두 아이의 엄마인 자신을 한 아이의 엄마들과 비교하며, 가엾고 불쌍하게 여기면서도, 동시에 한 아이의 엄마보다는 엄마로서 우위에 있다고 생각한 적도 있었다.

연민의 마음 뒤에 숨은 위선과 비뚤어진 감정들이 낱낱이 꺼내어지는 순간이다. 두 아이의 엄마로서, 세상을 좀 더 너그러이 바라볼 수 있게 되었다고 생각했던 자신이 부끄러워졌다.

한편으로는, 좀 더 자신을 똑바로 바라보게 되었다. 왜 엄마로서의 자신을 남들에 비해 하찮다고 여겼던 걸까. 인지하지 못하고 있던 마음의 저변에서는 약자에게 도움의 손길을 내밀 수 있는 강자로서의 자신감과 존재감을 느끼고 있던 것은 아닐까. 연민의 감정을 가만히 바라보니, 세상을 바라보는 관점이 아닌, 자신을 바라보는 관점이 달라져 갔다.

엄마는 강한 사람이다. 누군가를 돌보고 품을 수 있는 마음을 가진 사람, 연민의 마음을 가질 수 있는 사람이기에. 연민의 감정을 통해, 엄마라는 이름이 자랑스럽게 느껴지기 시작했다.

 감정 일기 속 한 문장

누군가를 연민할 수 있는 사람이라는 걸 자랑스러워합시다.

30. 질투

– 아이 없는 삶은 어떨까

친한 친구 둘이 아이 없는 여자다. 내 주변에서 아이 없는 여자는 이 두 명이 유일한데, 친해서 자주 만나기도 하는 사이다. 다른 여자들처럼 나도 결혼 이전과 이후로 인간관계가 많이 달라졌다. 결혼하기 전엔 여러 직종, 여러 타입, 성향의 사람들과 교류하는 걸 좋아했는데, 결혼 후 곧바로 출산하고 보니, 일단 사람들을 만날 시간이 적어졌다. 늘 아이를 달고 살아야 했기에, 이전의 자유롭던 시절과는 만나는 사람들이 달라졌다. 가질 수 있는 시간이 한정적이니만큼 만날 수 있는 사람은 몇 남지 않았고, 만나서 정말 편안한 사람들, 그리고 결혼해서 아이가 있는 사람들만이 내 곁에 남았다. 친구 S와 J도 그런 사람들이다.

기획자로 일하고 있는 S는 싱글이다. 내가 아는 한 늘 사랑에 빠져 있는 사람. 그녀는 회사 동료, 거래처 직원, 동호회 사람들 중 좋아하는 사람이 언제나 있다. 그녀를 만날 때면, 매번 달라지는 썸남과의 에피소드를 듣곤 하는데, 듣다 보면 어쩐지 나까지 고양되어 버리곤 한다. 좋아하는 남자와의 아주 사소한 일들도 그녀의 입을 통하면 가슴 설레는 로맨틱 코미디의 초반부같이 느껴진다. 이것이 그녀가 사랑에 잘 빠지는 비결일까. 사랑스러운 그녀의 연애 이야기를 좋아하는 이유는 내가 절대할 수 없는 일이라는 점에 있는 것 같다. 남편 아닌 남자와 썸을 탄다는 건, 이제 내 생에 있을 수 없는(라기보다는 있어선 안 될) 일일 테니까. 그녀를 통해서나마 상상으로 연애를 해본다. 사무실 옆자리의 연하남과의 썸을.

한편 번역 일을 하고 있는 J는 결혼했지만, 아이는 없다. 여행을 좋아한다는 공통점이 있는데, 첫 배낭여행을 함께한 사이기도 하다. 만나기만 하면, 흔치 않은 인도 배낭여행 경험을 함께 풀어내곤 한다. 그러나 30대가 되고 난 후 결혼과 동시에 배낭여행 시절의 막을 내린 나와는 달리, J는 남미로, 유럽으로 전 세계 곳곳을 여행 다녔다. 자유로운 그녀의 모습은 늘 동경의 대상이었다. 최근 다녀온 새로운 여행지 이야기를 해주는 그녀에게선 어딘가 이국적인 바람 냄새가 묻어나곤 했다. 그리고 그녀를 통해 대리만족하는 데에 만족할 수밖에 없었다. 아이들에게 발목 잡혀 쉽게 떠나지 못하는 나와 달리, 어느 때든 어디로든 자유롭게 떠날 수 있어 보이는 그녀가 마냥 부럽기만 했다.

부러우면 지는 거라고, 막상 부러운 마음을 티 내지는 못했다. 다만, 늘 생각은 떠나지 않았다. 아이들과 행복한 저녁 시간을 보내다가도, 내가 그녀들처럼 30대를 일을 하며 보냈다면, 어땠을까. 결혼을 늦게 해서 싱글 라이프를 좀 더 즐겼다면 어땠을까. 가슴 설레는 연애도 해보고, 어디든 마음 내키는 대로 여행도 자유롭게 떠나볼 수 있었다면. 마음속 불꽃이 조그맣게 이는 게 느껴진다. 질투의 불꽃, 내가 절대 가질 수 없는, 못 가본 길에 대한 질투의 마음이다.

그리고 지금 단 하나 갖고 싶은 걸 말한다면, 퇴근 시간이다.

퇴근 시간이 갖고 싶다. 저녁 7시 정도의, 이르지도 늦지도 않은 시간에 퇴근하는 일. 회사가 종로나 을지로 같은 번화가에 있어서, 집에 돌아가는 도중에 들를 곳이 많았으면 좋겠다. 같이 일하던 동료들과 저녁 식사를 하다가 도중에 한잔하고 갈 수 있는 그런 식당이 많은 곳. 왁자지껄

해도 정겨운 향취로 가득한 오래된 가게들이 많은 곳이면 좋겠다. 해가 조금씩 기울어질 무렵이면 연탄불에 생선 굽는 연기가 피어오르고, 초록색 소주병과 갈색 맥주병이 가게마다 쌓여 있는 풍경이면 좋겠다.

나는 온종일 일에 시달려서 적당히 피곤하고, 적당히 노곤해진 상태다. 게다가 마음에 들지 않는 동료 때문에 혹은 상사에게 꾸지람을 들은 일로 적당히 스트레스를 받은 상태. '적당히'가 중요하다. 아무튼 그런 상태로, 투명하게 이야기를 들어주는 사람과 술을 마신다. 쌀쌀한 겨울에는 포장마차도 괜찮을 것 같다.

한번은 이런 일이 있었다.

첫 직장에 다니던 시절이었는데, 프로젝트 준비로 야근하고 8시에 퇴근하게 되었다. 실장님과 사수 한 분, 동료 한 명과 함께 퇴근길에 간단한 요기를 하러 근처 포장마차에 갔다. 우리는 조개탕 하나와 청하 한 병을 시켰다. 네 명이었으므로 아마도 한 사람당 한두 잔 정도를 마셨을 것 같다. 추운 겨울이어서, 손이 정말 시렸던 기억이 난다. 밖은 칼바람이 부는데, 포장마차 안은 정말 따뜻해서 비닐로 만들어진 투명창에 뿌옇게 김이 서려 있었다. 급격한 온도 변화 때문인지, 분위기 때문인지, 아니면 정말로 피곤했던 탓인지 모르겠지만, 그날 마신 청하 두 잔에 술이 취해

버렸다. 마지막 기억은 잘 나지 않지만, 아무튼 택시를 타고 집에 돌아갔다고 한다.

왠지 자주 떠올리게 되는 퇴근 시간의 기억이다. 중간중간 잘라먹은 필름 같은 기억. 퇴근길에 과음하게 되면, 다음 날은 함께했던 상대와 부끄러운 기억을 공유하게 되기도 한다. 어쩐지 조금 더 가까워진 기분이 들게 되는 일, 이런 것도 퇴근 시간에 생기는 재미난 일 중 하나다.

아이와 함께 오후를 보내고, 남편의 퇴근 시간을 기다리며 저녁 식사를 준비하는 안온한 저녁도 좋아한다. 다만, 가끔 밤 산책하러 나가다 마주하게 되는 직장인들의 퇴근길에서, 이제는 낯설어진 풍경들을 바라보게 될 때면, 반대편의 삶을 상상해 보곤 하는 거다. 내게도 다시 퇴근 시간이 주어질까.

어쩌면, 가질 수 없는 것만을 원하는 허영일지도 모르겠다. 누구나 가지 못한 길에 대한 선망의 마음이 있듯이, 내게는 직장생활과 싱글 라이프에 대한 선망 아니, 질투의 마음이 있다. 그러나 기회가 주어진다 해도, 내게 아이 없는 삶은 상상할 수 없다. 이미 아이가 내게 가져다주는 행복의 맛을 알아버렸기 때문이다. 질투는 질투 정도로만 끝내는 이유다.

누군가는 나를 질투할지도 모르겠어요. 모두가 자기 앞에 놓인 길만 바라보기 바쁘니까요. 동시에 여러 길을 걸을 수 있는 사람은 없지 않을까요?

31. 회한

- 나의 20대를 반추하며

아기를 재울 때나 설거지할 때면 잠깐 다녀오는 곳이 있다. 그곳은 예 닐곱 군데 정도 되는데, 실재하기도 하고 실재하지 않기도 하는 곳이 다. 각각의 장소에서 실재했던 일이지만, 시간이 흘러 지금은 실재한다 고 말할 수 없게 된 곳, 머릿속에만 존재하는 그곳으로의 여행이다. 그곳 은 인도 마날리의 햇볕 좋던 어느 카페의 옥상이거나 늦은 오전, 도쿄 나 카메구로의 카우북스 근처의 골목길이 된다. 여행지가 떨어지면 문학으 로 넘어갈 수도 있다. 이제부턴 무궁무진하게 많아진다. 예를 들면, 소설 『1Q84』의 도입부에 등장하는 고속도로의 비상계단 난간이거나 드라마

〈고양이와 함께하기 좋은 날〉에 나오는 샌드위치 가게도 가능하다. 장소는 달라져도 그곳엔 늘 같은 시간, 같은 표정의 내가 있다.

때로는 회상에 빠지는 자신이 의아할 때도 있다. 왜 머릿속으로 같은 영상들을 반복해서 돌려보는 걸까. 과거의 여행 속 장면들, 영화나 소설 속 한 장면들을 떠올리는 이유가 뭘까. 내가 그곳에서 보려는 건 뭘까. 상상 속으로의 도피인 걸까?

지금, 이 순간을 놓치지 말라고, 현재를 소중히 하라고들 말한다. 많이들 하는 얘기. 알지만, 도저히 지금의 순간을 즐기기 어려울 때는 어떻게 해야 할까. 차라리 도망치는 게 그나마 현재를 유지할 수 있을 것 같을 때. 인제 그만 열심인 나, 노력하는 나를 놓아주고 싶을 때. 그럴 때면 잠시 휴식하듯 다녀온다.

그리고 그곳의 여전함을 확인한다. 언제든 그곳으로 떠날 수 있도록. 지금은 여기 이 방 안에, 엄마라는 역할로만 있지만, 늘 그렇지는 않을 거라고. 그래, 조금 있으면 떠날 수 있을 거라는 걸 확인하고 싶었다. 다만 머릿속에서지만. 덕분에 지금, 이 순간은 놓쳤을지 몰라도, 자신은 놓치지 않을 수 있었다. 오늘도 포기하지 않고 해야 할 일을 무사히 마칠 수 있었고, 지켜야 할 사람들을 책임지고 보살폈다. 되고 싶은 나는 여전히 그곳에서 잊지 않고 살아 있음을 확인했다. 무사한 하루, 여전한 그곳, 그걸로 안심이다.

내 오랜 습관을 어떻게 해석해야 할까. 생각에 잠겨 있으니, 겉으로는 아무것도 안 하는 무위(無爲)에 가깝다. 게으름뱅이의 쓸모없는 행동으로 볼 수도 있다. 그러나 잠깐의 회상은 잃었던 기력을 회복시켜 주고, 조금의 자존감도 찾아준다. 머릿속에서만큼은 꽤 먼 거리를 다녀오기도 한다. 자신을 지킬 수 있도록 도와주니 긍정적으로도 볼 수 있을까. 그러다 스피노자의 문장을 읽고, 습관의 실마리를 찾게 되었다.

회한이란, 희망에 어긋나게 일어난 과거 사물의 관념을 동반하는 슬픔이다.
 - 스피노자, 『에티카』

스피노자는 과거와 비교해서 현재가 바라던 희망과 다른 모습일 때, 느끼는 슬픔을 회한이라 정의했다. 단순히 현재의 상태에 대한 불만으로 느끼는 슬픔이 아니라, 과거의 관념을 동반한 슬픔이다. 내 경우, 자유롭게 배낭여행을 다니던 과거에 비해, 육아와 살림으로 꼼짝하지 못하는 현재에 느끼는 슬픔이라고 할 수 있다. 집 안에만 있을 때 느끼는 답답함

과 상실감, 외로움 등을 달래기 위해, 공상 속 여행을 즐겼던 것은 회한
이란 감정의 모습이었던 것이다. 감정의 실체를 마주하고 나니, 오히려
후련하다. 어렴풋이 느끼고 있었지만, 인정하고 싶지 않았던 사실을 스
피노자 선생님이 콕 집어 알려준 기분이다.

영화로웠던 과거의 망령들을 떨치지 못하는 자신에 대해 실망하고, 괴
로워했던 지난날을 정리해야겠다. 과거에 대한 그리움과 현재에 대한 불
만족을 모두 품고, 회한의 감정을 충분히 느껴야겠다. 나이가 들어가면
서, 가슴속에 회한을 몇 개쯤은 품고 사는 것도 멋진 일일 테니까. 회한
이란 가끔씩 펼쳐놓을 수 있는 이야기보따리라고 생각해 보면 어떨까.

 감정 일기 속 한 문장

과거를 돌이켜보는 자신을 너무 책망하지 말아요. 회상할 아름다운 과거가
있다는 게 얼마나 다행이에요.

32. 자유

- 엄마도 사람이다

나란한 식탁 위 자리에는 두 종류의 아침이 차려져 있다. 세 가지 반찬과 국, 밥이 있는 한식 차림의 어린이 식판. 그리고 갓 구운 토스트 한 장과 크레마가 남아 있는 커피 한잔의 아침 식사. 매일 같은 시각, 8시 15분의 식탁 풍경이다.

"엄마, 나도 빵 먹을래. 밥 먹기 싫어."

"안 돼, 윤이는 키 커야 해서 밥 먹어야 돼. 골고루 먹어야 하고. 엄마는 이제 다 커서 그냥 빵만 먹어도 괜찮은 거야."

아이에게는 당당하게 말했지만, 사실은 그렇게 말할 자격이 없다. 자랑은 아니지만 대단한 편식가이기 때문이다. 몇 년 전 결혼하고 직접 밥을 해 먹기 시작하면서 알게 됐다. 어느 날 문득 '아, 나 편식하네.' 하고. 엄마가 해주는 밥을 먹을 때는 골고루 먹었던 것 같은데, 스스로 해 먹는 밥을 골고루 먹지 않는 건 왜일까. 특히 아침이면, 편식이 심해진다. 늘 같은 식단, 간소한 차림으로 먹는 게 좋다. 그래도 함께 먹는 사람의 식단은 신경 써서 영양소별로 반찬 가짓수를 맞춰준다.

편식의 나를 발견한 이후로 한동안 자유롭게 편식을 유지해 왔는데, 어느 날 순탄대로에 제동이 걸려버린다. 유치원에서 전화가 걸려 온 날부터다.

"어머니, 윤이가 야채를 잘 안 먹어요. 김치도 안 먹고요. 가정에서 골고루 먹을 수 있도록 도와주세요."

가슴 한구석이 콕, 콕 찔리는 느낌이었다. 누가 말해주지 않아도 스스로 잘 알고 있는 단점이 모두에게 공개된 느낌. 여기요, 여기. 엄마가 편식가래요. 편식은 해왔지만, 영양의 불균형도 못 느끼고 잘만 살아왔는데, 다시 표준적인 식습관으로 돌아가야 하는 건가. 먹는 것 정도는 눈치 보지 않고 내 마음대로 먹고 싶은데.

비슷한 일은 이전에도 있었다. 아이를 키우면서 자신이 바뀌어야만 했던 일들. 경비 아저씨, 슈퍼 아저씨, 야쿠르트 아주머니를 비롯한 동네 주민들에게 인사 잘하고 싹싹하게 대화하는 나는 사실 몇 년 되지 않은 모습이다. 원래의 나라면, 수줍고 새침해 동네 사람들과 눈인사도 잘 하지 않았을 텐데. 어느새 동네 사람들과 한담을 즐기는 사람이 되었다.

아이를 낳고 난 후부터 어디를 가든, 누구와 만나든 늘 옆에는 아이가 함께 있었다. 가장 정직한 감시자의 눈을 갖고 있는 아이. 내 모습을 그대로 따라 하는 아이를 생각하면, 행동에 신경을 쓰지 않을 수가 없다. 어느새 예의 바르고 상냥한 사람처럼 행동하고 있는 나를 바라본다. 흉내로 시작했지만, 반복된 행동은 곧 내가 되어 원래의 나를 바꿔 놓았다.

마네의 그림 같은, 생경한 풍경의 기억이 있다. 어느 해 가을, 공원의 넓은 잔디 광장에서 돗자리에 앉아 점심을 먹던 날이었다. 그날의 풍경은 유난히도 잊히지 않는다. 날씨가 좋았던 주말 오후, 공원 잔디는 가족 혹은 연인끼리 소풍 온 사람들로 가득했다. 김밥을 먹으면서 다른 집은 어떨까, 하고 바라보는데 보이는 가족마다 비슷해 보였다. 비슷한 엄마와 비슷한 아빠 그리고 아이들. 멀리서 보면 아이들 노는 것이 다 비슷해 보인다고 생각해 왔는데, 그날은 엄마와 아빠도 마찬가지로 보였다. 공장에서 찍어낸 것 같은 표준형의 엄마와 아빠들이 각기 다른 색의 돗자리에 앉아 자신의 역할에 충실한 주말을 보내고 있었다. 순간 평화롭던 풍경이 괴이하게 느껴졌다. 마네의 〈풀밭 위의 점심식사〉[4]가 떠오르는 광경이었다. 그리고 나 역시 표준형의 엄마로 앉아 있겠지, 하는 생각이 들자 소름이 끼쳤다. 그림 속 나체의 여인처럼 자유롭고 싶었던 나인데.

30대의 고민을 안고 살아가는 나의 모습은 점차 옅어지고, 윤이 엄마의 모습이 점차 짙어지고 있는 걸까?

인생에서 평균적으로 권장하는 모습을 생각 없이 따라가도 나는 좋은가? 괜찮은가?

여전히 아침 풍경은 그대로다. 나란한 식탁 위 자리에는 두 종류의 아침상이 있다. 아이에게는 골고루 먹으라고 하면서, 내 접시엔 토스트 한 조각과 커피 한잔뿐이다. 아이는 적응을 한 것인지, 체념한 것인지, 더는 빵을 달라는 얘기를 잘 하지 않는다.

코로나의 영향으로 아이와 시간을 공유하는 날이 많아지면서, 아이 앞

---

4) 에두아르 마네의 〈풀밭 위의 점심식사〉는 인상주의 시기의 그림으로, 잔디밭 위에서 한 명의 벌거벗은 여인과 두 명의 정장 차림의 신사가 점심을 먹고 있는 그림이다. 당시에는 부르주아의 위선을 비판한다는 의미에서 큰 논란을 불러일으켰으나, 이후 현대 회화의 문을 연 작품으로 평가된다.

에서 보이지 않았던 모습까지 공유하게 되었다. 아이에게 양해를 구하며 마감에 닥친 글을 쓰거나, 피곤하면 멍하니 있기도 한다. 아이와 있을 때는 늘 아이에게 시선을 맞추려 했었는데, 코로나 탓을 하며 어쩔 수 없다고 변명하며 변해갔다.

아이도 변해간다. 자식 책보다 본인 책을 더 많이 사는 엄마에게 택배만 오면, "또 엄마 책이야?" 하면서도, 노트북을 켜면 "엄마 일해? 나도 일할게~ 힘들면 커피라도 마셔."라며 배려해 주기도 한다.

세상엔 여러 엄마가 있다는 것을 이해해 주길 바란다. 편식하는 엄마도 있고 말과 행동이 다른 엄마도 있고 때로는 자식보다 자신이 더 중요할 때가 있는 엄마도 있다는 것을. 아무래도 이번 생엔 표준형의 엄마가 되는 일엔 백기를 들어야겠다. 유치원 선생님께는 뭐라 할 말이 없지만, 편식을 그만두고 싶지는 않다. 이 또한 나를 이루는 정체성의 하나라고 믿기 때문이다.

엄마라는 이름하에, 나의 많은 부분이 변했다. 그리고 여전히 나를 이루고 있는 것들도 존재한다. 여전한 편식의 모습은 엄마가 아닌, 자연인으로서 나의 모습이다. 먹고 싶은 것을 먹는 자유를 놓지 않으려는 결심으로 봐주었으면 좋겠다. 편식하고 싶어서 주절대는 변명이 아니라.

 **감정 일기 속 한 문장**

엄마는 선생님이 아닙니다. 완벽한 엄마가 되려는 마음을 내려놓고, 자연스
런 내 모습을 찾아가요.

33. 자존감

- 나를 끌어올려주는 감정

아침에 윤을 학교에 데려다주고 돌아서려는데, 윤이 다급하게 물었다.

"엄마! 엄마 이제 일하러 가는 거야?"

일하러 가느냐니, 무슨 의미로 묻는 거지? 생각할 틈도 없이, 등교 시간이 다가왔고, "아니, 엄마 집에 가지."라고 얼른 답했다.

"그럼, 나 이따 학원 갔을 때 일하러 가?" 윤은 정문 너머, 출입문 쪽으로 걸어가면서 계속 물어왔다.

"응~ 응. 그래, 그래. 얼른 들어가~ 이따 데리러 올게."

윤이 내게 말한 일하러 가느냐는 말의 진의를 파악하지 못한 채, 정문

앞에서 우린 멀어졌다.

　윤의 하교 시간이 되어 학교로 데리러 갔다. 영어학원에 가기 전까지 1
시간 조금 넘는 시간이 남는다. 잠깐의 빈 시간 동안 아이는 간식을 먹기
도 하고, 놀이터에서 놀기도 한다. 오늘은 집에 함께 가서, 간식을 먹고
쉬다가 가기로 했다. 아이의 간식을 챙기고, 나를 위한 늦은 점심을 챙긴
다. 점심으로 먹는 치즈김밥을 궁금해하여, 한 개를 주니 야채는 다 떼
어놓고 먹는다. "엄마는 처음부터 김밥 속 야채를 다 먹었어?" 언제나 내
행동을 궁금해하는 윤이다. 초등학교에 들어갔음에도, 여전히 윤이의 관
심의 대상이 될 수 있어 다행이라고 생각한다.

　아이의 영어학원 버스가 올 시간이 되어, 함께 채비하고 집을 나섰다.
학원 가방을 챙겨주며, 에코백도 하나 챙긴다. 노트북과 노트 한 권, 볼
펜 한 자루가 들어 있는, 작업용 가방이다. 에코백을 한 쪽 어깨에 메고
운동화를 신는데, 윤이가 말한다. "아하~! 엄마 나 영어학원 갔을 때, 일
하러 가는 거였구나?"

　학원 버스를 기다리면서, 윤이는 한 가지 제안을 했다.
　"엄마, 나 버스 탈 때, 엄마는 공부 잘해~ 라고 말해주고, 나는 엄마한

테 일 잘해~ 라고 말해주면 어때?"

헤어질 때마다 특정한 인사를 만들어 하는 걸 좋아하는 윤이의 제안이었다. 버스가 왔고, 우린 서로에게 "공부 잘해~.", "일 잘해~."라고, 인사해 주었다.

특별할 것 없는 아이와의 하원 풍경이다. 그러나 이날의 일은 내게 강한 자긍심과 자존감을 심어주는 계기가 되어주었다. 사실, 글을 쓰고 있는 지금의 난 어딘가로 출근할 곳이 없다. 그저 작업이 될 만한 곳을 찾아, 카페나 도서관에 노트북을 들고 갈 뿐이다. 나름의 출근이라고 할 수 있다. 아이의 초등학교 생활이 시작되면서, 하루에 3시간 정도 쓸 수 있던 작업 시간마저도 여러 개로 조각나버렸다. 출근도 아이의 스케줄에 맞춰 들쭉날쭉하다. 누군가에게 '일을 하고 있다'고 소개하기 어려운 상황이다. 그런 내게 일하러 가느냐고 물어봐 주고, 일 잘하고 오라고 응원의 말을 해주는 이가 있다.

커리어를 지속해 지켜온 여자들의 삶을 내심 부러워했다. 두 아이가 잘 크는 것만으로도 배부르고 만족하는 사람이 못 됐다. 헛헛했던 마음을 메꾸려 가족의 안녕과는 별개로 자신의 열정을 쏟고 자아실현을 할 수 있을 일을 찾아 헤맸다. 남들의 눈에는 띄지 않았지만, 나는 늘 일을 하고 있었다. 명함과 직함이 없을 뿐 내겐 엄연히 내 일이 존재했다. 그리고 그 모습을 곁에서 지켜봐 온 이가 있었다. 알지 못했다. 아이라고 치부했는지도 모른다.

누군가 부모는 아이의 거울이라고 했던가. 나의 모든 말과 행동, 발자취를 아이들이 지켜보고 있었다. 가장 가까이에서 나를 지켜봐 주고, 누구보다 응원해 주고 있었다. 이보다 나를 고취할 수 있는 일이 있을까. 내가 가장 사랑하는 이들이 나를 가장 인정해 준다. 이보다 더욱 의미 깊은 일이 있을까. 그동안 나는 외딴곳을 바라보며, 채워지지 않는 허망함만을 쫓고 있던 건 아닐까.

육아란, 내게 깊은 무기력과 비루함을 안겨주고 상실감을 달고 사는 일이라고만 생각했다. 돌아올 것을 바라지 않고, 끝없이 주기만 해야 하는 일이라고 생각했다. 엄마라는 허울 외엔, 내게 남은 껍데기는 없어진 줄 알았다.

나조차도 관심 없던 본래의 내 모습에 관심을 둔 이는 다름 아닌 아이들이었다. 엄마가 원래 가졌던 꿈은 뭐였는지, 엄마가 좋아하는 건 무엇인지. 지금 하는 일은 무엇인지, 아이들은 늘 내게 물어주었다. 내가 버린 나의 자존감을 끌어올려 준 것 역시, 아이들이었다. 아이들은 나를 바닥에 내려치기도, 하늘로 끌어 올려 주기도 했다. 이제는 아이들을 위해 성의껏 살고 싶어졌다. 아이들에게 멋진 엄마의 모습으로 남기 위해.

 감정 일기 속 한 문장

나만 바라보고 있는 아이들의 눈이 있다는 걸 가끔 떠올려 봐요. 언제나 든든한 나의 팬들이랍니다.

34. 위화감

- 엄마들의 눈물겨운 방어 본능

"어? 이거 수돗물이 안 나오는데요? 어떻게 하는 거예요?"

당황했다. 이 집 수도꼭지는 왜 수전을 올리고 내려도 물이 안 나오는 거지? 혹시 뭘 잘못 만졌을까? 아이의 동네 친구 집에 놀러 갔던 날이었다.

알고 보니, 이 집의 부엌 수도는 싱크대 아랫부분에 달린 페달을 밟았을 때 수돗물이 나오게 되어 있는 구조였다. 별것 아닌 차이였지만, 내게는 크나큰 위화감으로 다가왔다. 아마도 우리 집보다 평수가 큰 아파트였다는 것이 한몫했을 것이다.

큰 평수를 의식한 탓일까. 이 집에선 아이들 여러 명이 함께 놀아도 북적이거나 정신없는 느낌이 들지 않았다. 아이 엄마에게서는 여유마저 느껴졌다. 표정에서 느껴지는 여유로움은 물론, 우아한 네일아트로 손끝까지 여유가 뚝뚝 묻어난다. 식탁 위에 가지런히 놓인 우아한 손가락을 바라보다 커피잔을 매만지는 내 손을 내려다본다. 주방세제로 상해버린 갈라지고 거친 손가락, 여유라곤 찾아볼 수 없었다. 똑같이 아이 둘을 키우는데 어째서 나와 그녀는 이렇게 다른 걸까? 어쩐지 그녀와의 차이는 넓은 아파트 평수에서 비롯되는 것 같아 위축되는 느낌이 들었다.

그녀와는 오래 만난 사이였다. 적어도 밖에서 만났을 때는 편안했다. 그러나 오늘 초대받은 집에서 만난 그녀는 멀게 느껴졌다. 그녀는 넓은 집에서 아이들을 편안히 키울 거야. 장난감도 책도 충분히 사줄 수 있는 경제적 여유와 넓은 공간이 있으니, 내 고민은 이해할 수 없겠지. 함께 하는 내내 나와는 다르다는 느낌, 다른 세계의 사람처럼 느껴졌다.

아이를 키우는 일은 어렵다. 처음 하는 일인데, 누군가 미리 알려주거나 가르쳐주는 일이 없으니 그렇다. 그래서 육아 서적을 보기도 하고, 인터넷 카페를 통해 정보를 구하기도 한다. 주변 엄마들과 정보를 주고받는 일 또한 많다. 자연스럽게 서로의 육아 방법과 정보를 비교하게 되고, 갈등도 생긴다. 육아 방식에 정답은 없다고 생각한다. 세상엔 다양한 육아법이 존재해 왔고, 존재하고 있으며, 앞으로도 달라질 것이다. 아무리 유명한 박사님의 금쪽 처방을 배웠더라도, 우리 아이에게 적용하는 건 또 다른 문제다. 그래서 애바애[2]라는 말이 나왔나 보다. 알고 있다. 그런데도 우리는 사람이다 보니, 서로의 방식을 비교하고 평가하는 마음이 생기곤 한다.

얼마 전 초등학교 예비 소집일이 있었다. 하루 전 눈이 내렸고, 기온이 내려가며 길이 꽁꽁 얼었던 날이었다. 한 엄마가 모피와 명품 가방을 걸치고 나타났고, 눈길을 끌었다. 엄마들은 모여서 그녀의 이야기를 했고, 내게도 그 이야기가 들려왔다. 어떤 이는 추워서 롱패딩 잠바를 입고 간 자신을 비교하며 기죽었다며, 자조적으로 웃기도 했다. 그때 엄마들의 대화에서 느껴진 감정은 얼마 전 아이 친구의 집에서 느꼈던 감정과 같은 것이었다. 위화감이었다.

---

5) 애바애: case by case를 줄인 케바케에서 따온 말로, '케(case)'대신 '애'를 넣어서 만든 말. 아이마다 다르다는 뜻이다.

위화감이란, 조화되지 않는 어설픈 느낌이라고 한다. 한자로는 어긋난다는 뜻의 위와 화목하다는 뜻의 화로 이루어져 있다. 대다수의 화목과는 어긋난 소수를 칭하는 말로 쓰인다고 할 수 있다. 빈부 차이, 계층 간의 갈등에 주로 쓰이는 단어가 엄마들 사이에서도 쓰이는 것이다. 엄마들끼리의 모임에 가면, 위화감이 드러나는 대화가 종종 오간다. 함께 모인 엄마들을 제외한 모든 엄마가 대상이 될 수 있다. 엄마들이 특정 엄마를 향해 느끼는 위화감의 근원은 무엇인가? 우리끼리의 결속을 다지기 위함인가?

오랜만에 여고 동창 모임이 있었다. 결혼은 했지만, 아이는 갖지 않는 친구 H와도 함께 만났다. H는 사무실의 앞자리에 앉은 동료 여성의 이야기를 꺼냈다. 그녀는 특별히 예쁜 옷을 차려입은 것 같지 않은데, 잘 입고 다니는 티를 내고 다닌다고 했다. 그녀가 입는 꾸민 듯 안 꾸민 듯한 스타일은 알고 보면 다 명품이라며, 이른바 '엄마룩'으로 불린다고 했다. 겉보기엔 평범해 보이는데, 잘 차려입은 내색을 한다며, H는 엄마룩을 거북스러워했다. 그 순간 그녀에게서 느껴지는 감정은 분명 위화감이었다. 내가 싱글 여성의 옷차림을 볼 때 느꼈던 위화감과 유사했다.

나와 너의 상황이 다르면, 이해하기도 어려워지는 게 당연하다. 아이를 낳지 않은 여성은 하이힐에 치마를 입는 차림이 자연스러워도, 아이를 낳은 여성은 그것이 불편한 상황이 되기도 한다. 아이를 돌보기에 불편하지 않고, 혹여 어떤 상황에서도 망가지지 않을 만한 옷을 찾게 된다. 그렇게 엄마룩이 탄생했다. 아이를 낳은 여자들과 아이를 낳지 않은 여자들의 옷차림은 달라진다. 결혼한 여자들과 결혼하지 않은 여자들의 옷차림도 달라진다. 각자 상황에 맞는 옷차림을 해야 하니, 어찌 보면 당연하다. 그러니 굳이 비교할 것도, 비난할 것도 없는 일이다.

평소엔 머리도 안 감고 트레이닝복만 입다가도, 아이의 행사 일엔 한껏 꾸미고 나가고 싶은 것도 엄마의 마음일 것이다. 아이의 자존심을 세워주고 싶은 마음일 테니. 명품 옷을 걸치든, 잠바를 걸치든, 같은 엄마의 마음이다. 아이를 낳건, 낳지 않건, 생활의 여유가 있건, 그렇지 않건, 자신의 주어진 상황에서 충실히 살려는 여자들이다. 계층을 나눌 필요가 있을까. 경계를 긋기보다 모두 다 포용할 수 있다면, 더욱 다채로울 수 있지 않을까.

엄마들의 위화감은 단순하지 않다. 거기엔 경계를 그으려는 마음, 그 이상이 담겨 있다. 그녀들에겐 아이를 양육하면서 반강제적으로 누리지 못한 것들에 대한 마음의 한이 있다. 이것은 본인이 결정한 것이 아니며,

예상치 못한 것들이다. 그녀들은 아이들의 양육에 자신의 많은 것들을 쏟아부었고, 대부분 돌려받지 못했다. 엄마 역할에 전념하느라 빼앗긴 외출 욕구, 사람을 만나고 싶은 욕구, 쇼핑 욕구, 꾸미고 싶은 욕구가 그냥 사라져 없어지진 않는다. 그녀들 안에 잠재된 욕구들은 언제든 기회가 있으면 펼칠 준비가 되어 있다.

그러나 사회는 엄마들의 욕구를 인정하지 않는다. 아이 엄마가 짧은 치마에 하이힐을 신고 자유롭게 거리를 활보하게 두지 않는다. 어디선가 혀를 쯧쯧 차는 소리가 들려온다. 오전에, 카페에서 수다를 떠는 엄마들을 한가한 사람으로 폄훼한다. 직장에서 아이가 아프다고 반차를 쓰는 여성은 뒤에서 평가절하당한다. 약육강식의 사회는 아이와 엄마에게 냉담하고 가차 없을 수밖에 없다. 아이 없는 사람 혹은 아빠들은 알 수 없는 유리천장이 분명히 존재한다.

사회가 이렇게 위화감을 내세우니, 엄마들은 처절하고도 눈물겹게 위화감을 내세운다. 일종의 방어본능이다. 그리고 엄마들의 위화는 연대로 연결된다. 누구도 알아주지 않는 고통의 시간을 공유한 그녀들의 생존 방식으로서.

비슷한 사정을 가진 아이 엄마들끼리의 연대는 강화되고, 서로 다른 입장의 엄마들, 여성들과는 위화감이 강해진다. 나와 다른 사람을 끊임없이 비교하고 내 편을 많이 만들어 나가는 것, 어찌 보면 당연한 사회 활동이다.

그러나 그것이 나 자신에서 출발하는 것이 아니라는 데에서 문제가 온다. 누군가의 엄마라는 이름은 자유롭게 행동하는 데 제한을 준다. 내게 주어진 역할이 달라지면, 사회가 요구하는 규범과 양식도 달라진다. 혼자일 때는 자유로웠던 옷차림도, 내 아이의 엄마로서는 제약이 많아지는 것이다. 아이의 엄마라는 역할에 얽매일수록 보다 소심하고 방어적으로 되어간다. 굳이 나와 다른 사람을 탐구하고 알아볼 모험을 걸지 않는다. 점차 비슷한 사람들끼리의 성벽을 쌓아간다.

다행인 건, 가끔은 다른 사람도 있다는 것이다. 학부모 참여 수업에서 보았던 그녀는 밝은 사람이었다. 그녀는 이사 와서 아는 엄마가 없이 혼자 있는 내게 시원시원한 목소리로 인사를 건네 왔다. 짧은 쇼트커트 헤어스타일에 루즈한 검은색 티셔츠와 마찬가지로 검은색 통바지를 입고 검은색 팔찌를 한 그녀는 홍대에서 볼 법한 스타일이었다. 주변의 단정한 차림에 미니 백을 메고 있던 엄마들과는 단연 다른 모습이었다. 그녀는 자신의 엄마 그룹을 챙기기 바쁜 이들과 달리, 누구에게나 인사를 건

네고 이야기를 듣는 데 열려 있었다. 그녀에게는 엄마는 어떻게 입어야 하고, 어떤 사람들과 교류해야 하는지와 같은, 다른 엄마들은 다 같이 지키고 있는 원칙이 존재하지 않는 듯했다. 그저 자기 모습이 다였다. 그녀를 바라보며, 어쩌면 위화감은 내가 나 자신의 모습으로 있을 수 있을 때 사라질 수 있는 건 아닐까, 하는 생각을 했다.

 감정 일기 속 한 문장

다수의 행동 양식에서 약간은 벗어나보세요. ○○의 엄마가 아닌, 나였다면 어떻게 했을지도 고민해 보세요.

35. 연대감

– 엄마가 아닌, 자신의 이름으로 누군가와 연결되고 싶은 마음

한 해를 보내고 새로운 해가 오는 가운데, 사람들은 서로 모여 지난 시간의 일을 푸는 듯하다. 송년회, 신년회. 이게 다 무엇인지. 술자리조차 언제 가졌는지 기억이 희미한 내게 올해에는 특별한 모임이 생겼다. 바로 엄마들의 송년회.

첫째 아이들의 초등학교 입학을 앞두고 이사 혹은 전근 등으로 서로 뿔뿔이 흩어지게 되었다. 오랫동안 동네에서 오고 가며 일상적으로 만나던 사이였다. 아이들을 필두로 모였지만, 비슷한 연령대의 아이들을 두었다는 것을 제외하면, 서로 다른 배경의 다양한 여자들이다. 엄마의 이름으로 모인 우리는 처음엔 유치원 졸업 전에 아이들을 만나게 해주자는 의미로 다 같이 만났다. 그러나 금세 아이를 놓고 엄마들만 만나자는 얘기가 어느새 나왔고, 송년회로 이야기가 번져나갔다.

오랜만의 밤 외출이었다. 똑같은 먹자골목이지만, 낮의 모습과 밤의 모습은 완연히 달랐다. 8시인데도 이미 벌게진 얼굴로 취기가 오른 사람들이 거리에 삼삼오오 모여, 마스크도 없이 대화를 나누고 있었다. 이곳은 이미 코로나에 대한 염려도 종식된 것 같아 보였다. 약속 시간이 가까워져 오자, 주머니에 손을 넣고 숨이 차게 뛰어갔다. 간만에 느껴지는 설렘이었다.

다행히 도착시간에 딱 맞추었고, 아직 다른 엄마들은 도착하기 전이었다. 자리에 앉아 주위를 둘러보았다. 창 밖은 이미 거뭇거뭇 어두워져 있었고, 나 혼자 앉아 있는 곱창집이 영 어색했다. 시간이 지남에 따라, 한 명씩 자리를 채웠다. 막 아이들과 씨름을 마치고 온 듯 피곤한 기색이 역력한 A 엄마, 멀리에서부터 택시를 타고 와 왠지 모를 긴장감이 감도는 B 엄마, 오늘의 모임을 생각하며 하루 종일 실소가 나왔다는 C 엄마 등. 그녀들에게 나는 어떤 모습의 엄마로 비칠까, 생각해 본다.

각기 다른 엄마이지만, 이곳에 온 이상, 모두 같은 마음이리라. 늘 같은 패턴으로 반복되는 아이들의 돌봄 노동에서 탈출하고 싶은 마음, 어린아이 말고는 대화를 섞지 않는 하루 속에서 어른들만의 어른스러운 만남을 기대하고 온 마음, 엄마라는 이름에서 벗어나 자신의 이름으로 누군가를 만나고 싶은 마음.

술과 음식을 주문하고, 이야기를 시작한다. 보통 아이들과 함께 만나곤 했던 사이인지라, 만나면 늘 아이들 이야기가 주 화젯거리이다. 그러나 오늘만큼은 애들 이야기가 아닌, 우리들의 이야기를 해보고 싶었다.

"뭐, 재미있는 이야기 없을까요?" C 엄마의 물음에 각자 재미있는 이야깃거리를 찾아 눈을 굴린다. 최근 재미있었던 넷플릭스 드라마 이야기부터 영화 이야기, 뉴스에서 본 사건·사고 이야기, 시댁 이야기, 친정 언니 이야기 등, 여러 이야기가 나왔지만, 이야기들의 끝엔 어색한 침묵이 감돌았다.

A 엄마가 최근에 배운 바리스타 자격증 수업에서 만난 사람들 이야기를 꺼냈다. 수업은 끝났지만, 함께 수업을 들었던 몇몇 사람들과 만남을 이어가고 있는데, 그 사람들과 만나면 묘한 편안함이 있다고 했다.

"편안함이요, 생각해 보니 아무것에도 매인 게 없어서 그런 것 같아요.

이제까지는 늘 누구누구의 엄마로서 사람들과 만나게 되니까, 아이의 엄마라는 책무감에 얽매여서 자유롭지 못했거든요. 여기서 만난 사람들은 그런 게 없잖아요. 연령대도 다양하고, 함께하는 공통 분모가 커피 외에는 없으니, 정말 자유롭고 편안하더라고요.”

A 엄마의 말이 포문이 되어, 엄마들의 대화는 급물살을 탔다. 지금까지 각자 누군가의 엄마로만 알고 있었던 그녀들은 모두 다른 삼사십 대의 개인성을 갖고 있는 여성이었다. 아이를 키우느라, 직장을 그만두고 모두 전업주부로 살고 있는 그들이었다. 그녀들이라고 직장을 그만두고 싶었던 건 아니다. 아이를 중간에 돌봐줄 수 있는 사람이 없어서 여러 방법을 궁리하다 찾은 효율적인 방법이었을 것이다. 여전히 사부작거리며 뭔가를 하는 내가 궁금했는지, 엄마들은 내게 자주 물어온다.

“복직하실 거예요? 일 다시 하실 거예요?”
그녀들의 질문에 숨겨진 마음을 알고 있다. 아이를 키우며 자기 일을 함께 하고 싶은 마음, 그러나 현실적으로 쉽지 않기에, 누군가 그 일을 해내기를 내심 바라고 있다. 자기 일을 하면서도 아이도 잘 키우고 싶은 마음은 어느 엄마나 다 똑같으니까.

그런 그녀들의 마음이 느껴지면, 우리는 연대감을 함께 느낄 수 있다. 친정 부모님, 시부모님, 돌봄 선생님, 유치원, 학교, 학원. 가족이든, 사회 시스템이든, 아니면 사교육이든 여러 가지 모양으로 돌봄의 방식은 존재한다. 그러나 현실적으로 도움을 받기 어려울 때가 많다. 결국 어떤 순간에는 엄마 혼자 외에는 누구도 책임져 주지 않고 내버려 두곤 한다. 여기서 엄마의 고통이, 외로움과 고립감이 생긴다. 엄마들은 서로의 고통을 안다. 엄마들은 서로를 알아줘야 한다. 우리가 우리를 알아주지 않으면 누가 알아주겠는가. 그러나 마음을 서로 보여주고 다가가기란 어렵다.

A 엄마의 말처럼, 우리는 개인이 아니라, 누군가의 엄마로서 책임이 있다. 엄마로서의 얼굴이 있으니, 쉽게 행동하지 못한다. 또한 의무감도 가진다. 이런 상태로 수년의 시간을 보내다 보면, 점점 더 어려워진다. 마음을 꺼내서 주변과 손을 잡는 일이. 혹여 나를 이상하게 보면, 우리 아이에게 피해 가는 일이 생기게 될까 봐 지레 걱정하는 마음부터 생긴다. 그렇게 본능적으로 방어하게 된다.

어떤 일이 계기가 되어, 서로 마음의 연약한 부분을 서로 보게 된다면, 연대감을 가질 수 있다. 서로의 어려움이 나의 어려움과 같은 곳에서 나

옴을 이해하고 공감할 수 있다. 이를 통해, 우리는 힘을 얻을 수 있다. 더이상 혼자가 아니다. 나와 같은 고민을 안고 있는 엄마들, 아니 여자들이 여기 이렇게 많다.

C 엄마와 집으로 걸어오는 길.

밤거리를 걷는 일이 얼마 만인지, 설레었다. 발걸음이 가볍고 가슴은 두근거렸다. 두런두런 말소리가 밤거리를 타고 지나갔다. C 엄마가 말했다.

"아파트 후문 쪽에 있는 무인카페 있잖아요. 밤에 가보셨어요? 아기 엄마들 정말 많아요. 밤 10시 이후에 육퇴[3]하고 혼자 와서 자기 할 일 하는 거예요. 다들 책 읽거나 공부하고 있어요. 언제 한번 우리도 만나요. 밤의 무인카페에서."

감정 일기 속 한 문장

○○의 엄마를 벗고, 나 자신으로 사람들과 만나는 게 좋아요. 모두들 그런 만남을 기다리고 있을 거예요.

---

6) 육퇴 : 육아 퇴근의 줄임말.

내 마음을 찾아가는 여정, 그 이후

– 나와 아이들 그리고 남편, 우리들만의 맞춤

　토요일이면, 세 시간 정도 혼자만의 자유 시간을 얻는다. 앞 문장의 동사가 '갖는다'가 아니고, '얻는다'인 이유는 남편의 도움을 근거에 둔 시간이기 때문이다. 대학원 3학기에 재학 중인 남편은 이번 학기부터 토요일 수업을 듣기 시작했다. 덕분에 토요일 오전은 홀로 아이 둘을 봐야 하지만, 오후는 세 시간의 자유가 주어진다. 공정을 사랑하는 남편의 배려 덕분이다.

　오늘 아침, 가방을 메고 학교에 가는 아빠를 보고 아이들은 현관에 조로록 서서 꾸벅 인사를 한다. 인사하기 좋아하는 둘째는 기회만 되면, 누구에게든 인사를 잘한다. 둘째 덕분에, 인사하기 싫어하던 첫째도 더불어 인사를 한다. 꾸벅꾸벅, 맞춘 듯이 인사하는 조그만 뒤통수들을 보니 마음이 흐뭇해진다.

남편 없이 보내는 오전 시간은 생각보다 괜찮다. 가족끼리 오붓한 외출을 못 해서 조금 아쉽지만, 나름대로 즐겁게 지낸다. 아이들은 남편이 있어도, 보통 내게 붙어 있는 편이다. 아이들과 놀아주는 일에 솜씨가 없는 남편은, 주로 환자나 시체 역할을 자처하며 누워 있기 일쑤다. 누워 있는 아빠에게 지루해진 아이들이 엄마에게만 붙으면, 불쑥 화를 내버릴 때도 있다. 열심히 일을 해온 자신을 좋아해 주지 않는다는 논리다. 잘못한 건 없지만, 남편의 반응에 괜한 눈치를 보는 건 나다. 아이들과 남편의 사이를 이간질한 것도 아닌데, 왠지 모를 죄책감이 느껴진다. 일을 줄이고, 아이들과 시간을 보내면 좋지 않으냐고 얘기를 하면, 싸움을 하게 되니 참는다. 한편으로는 가정의 생계를 책임지고 있는 가장의 무게와 잠깐뿐인 아이들의 어린 시절을 함께하고 싶은 아빠의 마음을 저울질하는 내가 근시안적이고 이기적인 것은 아닐까 싶다. 되어본 적 없는 아빠의 역할에 어찌 훈수를 둘 수 있으리.

4월의 둘째 주, 남편 없는 토요일 아침은 그런 대로 조용하고 평화로웠다. 아이 둘은 다섯 살 터울이 나지만, 함께 잘 논다. 첫째 윤은 워낙 아기와 동생을 좋아하는 아이라, 자기 동생도 잘 봐준다. 이젠 혼자 책을 잘 읽는 나이가 되니, 내게 책을 읽어달라고 하는 일도 줄었다. 대신에 동생을 앞에 놓고 책을 읽어준다.

"한아, 가서 책 골라와. 아아~ 이 책 읽고 싶었어? 자, 다음 장. 한이가 넘겨봐. 끝~! 다음 책 또 골라 와봐."

어쩜, 내 말투를 이렇게 똑같이 재현해 내는지. 엄마가 자신에게 책을 읽어줄 때 하던 말씨를 그대로 한다. 똑같이 맞추려고 해도 못 할 것이다. 7년간 엄마의 책 읽어주는 모습을 오롯이 관찰해 온 윤만이 할 수 있는 능력이다. 집요한 관찰과 관심의 대상으로 봐주었다는 점이 감동을 준다. 어느새 양손은 손뼉을 치는 중이다.

"윤아, 책 너무 잘 읽어준다~ 꼭 엄마가 읽어주는 것 같아. 히히히."

둘이 함께 지낸 세월이 이제 2년. 첫째와 둘째도 이제 제법 합을 맞춰 간다. 한이는 아직 말은 잘 못하지만, 누나가 좋아하는 역할 놀이 상대 역도 척척 해낸다. 그저 "응", "아니"만으로 누나의 변죽을 다 맞춘다. 상황과 뉘앙스에 따라 다른 느낌의 "응"과 "아니"를 할 줄 아는 24개월을 보며, 사람의 사회적 공감 능력에 대해 생각해 보게 된다. 24개월도 할 줄 아는 공감을 잘 못하는 어른이 얼마나 많은지.

오후가 되어 남편이 돌아오고, 이젠 내 차례다.

"늦게까지 있다 와. 저녁 먹고 와도 돼."

옷을 갈아입고 나갈 채비를 하자, 아이들이 분주하다. 남편의 얘기를 들어서인지, 불안한 눈빛의 윤은 내게 세 번이나 찾아와서 당부한다.

"엄마, 밤 되기 전에는 올 거지? 아빠 양치 마무리[4] 잘 못한단 말이야. 나 저번에 충치 생긴 것도 아빠 때문이었을걸?"

"엄마, 깜깜해지기 전에 오면 안 돼?"

"엄마, 11시에 나간 사람이 13시에 들어오는 정도[5]로 엄마도 오면 좋겠어."

둘째 한이 역시 불안한 건 마찬가지. 어디선가 자기 양말과 마스크를 챙겨 온다. 자기도 엄마와 함께 나가겠다는 무언의 메시지다. 이건 나가라는 건지, 말라는 건지.

집에 아이들을 두고 나갈 때면 묵직한 마음을 함께 안고 나간다. 언제나 나를 기다려 주는 이가 있음은 고마운 일이다. 필요로 해준다는 인정과 늘 그 자리에 있을 것이라는 안정감을 준다. 한편, 그들은 공간과 시간, 그리고 자유 의지에 제약도 함께 준다. 이미 아이들과 있는 생활에 익숙해진 자아는 '밖에 나간다고 뭐 특별한 것을 하는 것도 아닌데, 그냥

---

7) 양치 마무리: 아이 혼자 양치질은 할 줄 압니다만, 자기 전에 하는 양치는 어른이 마무리를 해줍니다.
8) 윤이만의 화법으로 2시간 안에 오라는 뜻.

집에 있을까?' 하고 습관처럼 생각한다. 잠시지만 스친 생각을 떨치려, 양말에 발을 구겨 넣는다. 꾸역꾸역 나간다. 이렇게라도 안 하면, 자아를 지킬 시간도, 자신도 없기 때문이다.

집을 나왔지만, 정말 특별히 할 것은 없었다. 주말이지만 약속을 잡기가 더 어렵다. 결혼한 친구들은 대개 주말은 가족과 함께 보내는 것으로 생각하기 때문에, 서로가 연락하기 어렵고, 결혼 안 한 친구들은 주말 약속은 이미 잡혀 있을 것 같아서 연락을 못 한다. 혼자 동네 카페로 향한다.

두 시간 후, 남편에게서 카톡 메시지가 왔다.
"엄마, 나 국어랑 수학 숙제 다 했어."
윤이 보낸 메시지였다.
웬일이지. 남편이 아이 공부를 시키다니. 답장으로 곰돌이가 양 엄지를 들며 최고라고 외치는 이모티콘을 보냈다. 딸의 메시지는 저쪽 세계에 있던 나를 빠르게 이곳으로 불러왔다. 서둘러 채비하고 집으로 돌아왔다.

묘하게 정리된 집, 단잠을 자고 일어난 한이, 숙제를 다 마쳐서 당당한 표정의 윤이, 원망의 기미라곤 전혀 없는 남편까지, 생각과는 다른 집 안 풍경이었다. 나 없으면 큰일 날 것 같았던 우리 집은, 나 없어도 제법 괜찮아 보였다. 나도 모르는 새, 우리는 조금씩 서로에게 맞추고 있었던 걸까. 혼자 추는 춤이라 생각했던 건, 어쩌면 내가 곁을 내어주지 않아서가 아니었을까. 여유를 가지고 주변을 돌아보니, 춤을 추는 건 나 혼자만이 아니었다는 걸 알게 되었다. 이날의 풍경은 희망을 품을 수 있게 해주었다.

어쩌면 그간의 괴로움은 모든 일을 나 혼자 해내야 한다는 중압감으로 인한 것이었는지 모르겠다. 스스로 다른 사람과의 연결 고리를 끊어 놓고, 혼자만의 성벽을 쌓아 올렸다. 아무도 내 마음을, 고통을 알아주지 않는다며, 한탄하기만 했다. 그러나 내 마음을 들여다보는 과정을 통해, 순간 속에서 느끼는 감정을 지나치지 않고 똑바로 직시할 수 있었다. 그때그때 느끼는 감정을 바라보는 일은 그대로 마음의 치유 과정이 되었다. 여러 감정을 고스란히 잘 느꼈기에, 다시 가볍게 놓아줄 수 있었다. 기쁠 땐 진심으로 기쁨을 느꼈고, 깊은 슬픔에도 두려워 않고, 적극적으로 침잠했다. 곁에 가까운 사람들이 있음을 알아차린 후에는 그들의 도움을 받고 일어섰다. 생각 외로 주변에는 나를 이해해 주고 도와주려는 사람들이 늘 있었다.

육아는 역시 힘들다. 출산율이 매년 낮아지는 여러 가지 원인 중엔 육아의 고됨과 경력 단절이 거론된다. 낮은 출산율에도 불구하고, 각종 미디어에서는 육아를 이슈화하면서, 육아의 방법론과 관련 상품들이 넘쳐난다. 그러나 정작 육아를 하는 당사자의 어려움을 어루만져 주는 곳은 어디에서도 찾아볼 수 없다. 모든 포커스는 오직 아이에게만 맞춰져 있다.

고된 육아를 하고 있는 엄마들은 어디에 있을까? 그들은 어디에서든 찾을 수 있다. 아파트 단지나 동네 놀이터, 유모차를 끄는 산책로에서 볼 수 있다. 무표정에 지친 표정이 역력한 얼굴. 힘들다, 힘들다 말은 하지만, 무엇 때문에 힘든 것인지는 자세히 알지 못한다. 모든 감정을 짜증으로 표현하던 과거의 나처럼. 이 책은 그런 이들을 위해서 만들어졌다. 다른 엄마들도, 잘 알지 못하는 마음의 여정을 통해 진실한 자신을 마주했으면 좋겠다. 마음을 열고 바라보면, 생각보다 주변에는 도와줄 수 있는 사람들이 많다는 것을 알았으면 좋겠다. 혼자 괴로워하지 말고 도움을 요청하자. 그리고 나를 구하자.